i pavoni

Collana diretta da Teresa Ciabatti

ROSSANO ASTREMO

Nudo di padre

SOLFERINO

SOLFERINO

www.solferinolibri.it

ISBN 978-88-282-1639-1
Prima edizione: gennaio 2025

Nudo di padre

Colui che genera un figlio non è ancora un padre, un padre è colui che genera un figlio e se ne rende degno.

Fëdor Dostoevskij

Non importa chi fosse mio padre; importa ciò che mi ricordo che fosse.

Anne Sexton

Prologo

C'eravamo io e mio padre in una polaroid scattata nell'estate del 1986, 79×79 millimetri: in alto un cielo terso senza nuvole, un sole cocente di luglio nelle prime ore del pomeriggio, sullo sfondo una siepe di lauro ben curata di fronte alla quale si stagliavano in primo piano due corpi non simmetrici. I nostri. Io avevo sette anni, lui quarantadue. Io indossavo un paio di pantaloncini verdi e una canottiera gialla, mio padre dei pantaloni marroni e una camicia bianca non abbottonata che rendeva visibile la presenza di una collana d'oro con un vistoso crocefisso. Io avevo un'enorme anguria tra le mani, lui una cassetta in legno con molti grappoli d'uva che la riempivano. Io occupavo la sezione sinistra della foto, mio padre la destra. Io sorridevo, mostrando uno spazio nero tra gli incisivi, a denotare la recente caduta di un dente da latte. Anche la sua espressione sembrava sorridente. Non si scorgevano i suoi denti, ma mi guardava e tirava su le sopracciglia come Franco Franchi in una delle sue più note pose clownesche che mio padre era solito imitare nelle feste di famiglia ad alto contenuto alcolico.

Rividi questa foto a casa sua una delle ultime volte che andai a trovarlo a Grottaglie, prima che lo scoppio della pandemia rendesse ogni spostamento complesso e fobico. Era in uno degli album di famiglia che mia madre conservava gelosamente. Era sgranata e spiegazzata. La guardai, la riguardai. Io e lui sorridenti. Insieme e soli. Forse, persino complici.

Parte prima

INFANZIA E ADOLESCENZA

1

Quando venni al mondo, in una domenica di primavera del 1979, ad accogliermi non ci furono due genitori festosi, ma il volto subdolo dell'abbandono. Mia madre affrontò i mesi della gravidanza in totale solitudine, con due figli di tredici e sei anni da accudire e un terzo in arrivo. Mio padre aveva lasciato Grottaglie e da alcuni mesi viveva in Germania. C'era già stato una prima volta assieme a lei alla fine degli anni Sessanta. Il motivo era sempre lo stesso: il bisogno impellente di un lavoro dignitoso. Chiamava casa una volta a settimana e mensilmente mandava a mia madre dei soldi che le consentivano di pagare l'affitto, le bollette e di fare la spesa.

Non appena mia madre venne a sapere che avrebbe dato alla luce un terzo maschio, ebbe una reazione isterica che fece trasecolare il suo ginecologo. Una volta rientrata a casa si chiuse in bagno e pianse per ore. E le lacrime continuarono anche nelle settimane e nei mesi a venire. Avrebbe voluto una femmina. Le figlie, a suo dire, erano più fedeli. I maschi si facevano abbindolare dalle ragazze che portavano all'altare, diventavano schiavi, e per loro la mamma non esisteva più. Lei aveva paura di restare sola negli anni della vecchiaia. Non sapeva ancora che vecchia non lo sarebbe diventata mai. Però, non pensò di abortire. Alla mia nascita pesavo quasi cinque chili, mia madre non mi voleva vedere, le infermiere dell'ospedale dicevano che ero un bimbo bello e in salute, ma lei non voleva saperne di cullarmi, baciarmi, allattarmi. La sua fu una depressione *pre-* e *post-partum*. Le prime settimane, per lei, furono infernali. In più, affrontò tutto da sola. Mio padre tornò dalla Germania per restare solo nel mese di luglio.

2

Quell'estate due miei cugini, Ciro e Maria Grazia, nati pochi giorni dopo di me e figli di due sorelle di mia madre, vennero battezzati. I genitori organizzarono il ricevimento in un ristorante della zona. Io avevo la febbre molto alta. C'è una foto di quella giornata in cui appaio stanco e dimagrito mentre dormo nella carrozzina. Del bambino paffuto non c'era più traccia. Mia madre continuava a non allattarmi, ma io rifiutavo anche il latte artificiale. Quel giorno, vedendomi malato e indifeso mentre tutti attorno a me mangiavano, bevevano e danzavano, comprese che non avevo colpe. La sua infelicità non era legata alla mia presenza nel mondo.

La sera, una volta tornati a casa, mi mise al centro del letto tra sé e mio padre. Era la prima volta che dormivo con loro. Mio padre, vittima dei fumi dell'alcol, si girò dall'altro lato e iniziò a russare, mia madre mi tenne per mano e aspettò che la febbre scendesse. Quella notte non riuscì a chiudere occhio. Vinta dal caldo umido di scirocco e dal ronzio incessante e snervante delle zanzare, immersa tra i suoi mille pensieri, ripeté a se stessa che no, io non avevo colpe di tutto il male che sentiva, e si ripromise che da quel momento in poi mi avrebbe amato fino all'ultimo dei suoi giorni.

A ritroso

Agli inizi di agosto del 1978 mio padre venne a sapere che vicino a Francoforte una fabbrica di componenti di ricambio per automobili stava cercando manodopera. Glielo disse un suo amico italiano che viveva a Limburg, la stessa città in cui i miei genitori avevano lavorato anni prima. Qualora mio padre fosse stato interessato, il suo amico avrebbe provato a parlarne con uno dei capireparto.

Mio padre era indeciso. Sapeva benissimo che sua moglie aveva vissuto anni terribili in Germania, ma sapeva anche che il lavoro nei campi era duro e sempre identico a se stesso, che lo stipendio sembrava non bastare mai e che neanche i soldi che percepiva ogni anno in tarda estate grazie alla disoccupazione agricola riuscivano a far tornare i conti. Abitavano sempre nella stessa casa in affitto da più di cinque anni. L'idea di acquistarne una non era tra le priori-

tà. Si viveva alla giornata. Ne parlò con mia madre. Lei non voleva più tornare in Germania, non voleva lasciare nuovamente i suoi figli, né sradicarli dalle loro amicizie e dal contesto scolastico in cui stavano crescendo, nell'ipotetica idea di partire tutti assieme. Però sarebbe potuto partire mio padre, provare per qualche mese, darsi un'altra possibilità, far arrivare a casa un po' di soldi, dal momento che la paga di un operaio in Germania era più del doppio di quanto guadagnava lui con il suo lavoro nei campi. Si accordarono così. Il 31 agosto, alle nove del mattino, mio padre avrebbe preso un treno da Taranto. Avrebbe viaggiato tutto il giorno e tutta la notte per arrivare a Limburg. All'inizio avrebbe dormito dallo stesso fratello che lo aveva già convinto qualche anno prima a partire.

Nell'ultima infuocata notte di agosto in Italia, mia madre e mio padre fecero l'amore. Un modo per salutarsi. In fondo, dal giorno del loro matrimonio, nel 1965, non erano mai stati lontani l'uno dall'altra per più di qualche ora, e nonostante le profonde sabbie mobili del loro rapporto la partenza assumeva un significato importante. Quella notte, grazie a una missionaria umida e irrequieta, lo sperma di mio padre entrò candido tra le cosce di mia madre.

3

Nella prima estate della mia vita, quando mio padre tornò definitivamente dalla Germania, abbandonammo la casa in affitto in cui la mia famiglia viveva da alcuni anni per trasferirci in quella che è stata l'unica casa che ho condiviso con i miei genitori e i miei fratelli di cui conservi memoria.

Quell'estate mio padre iniziò a lavorare alle dipendenze di una ricca signora di Taranto. In verità, lei era originaria della Toscana, ma negli anni Cinquanta sposò un nobile che possedeva molti immobili dislocati nella provincia tarantina e decine di ettari di terreno agricolo, con vigneti, aranceti e distese di grano. A causa della morte improvvisa di suo marito, la signora era alla ricerca di un *factotum* che potesse aiutarla nella gestione delle attività agricole. Mio padre riuscì a ottenere il lavoro. Ci trasferimmo poco fuori Grottaglie, in una casa colonica che distava alcuni metri da una sontuosa casa padronale, dove la signora, assieme alla sua governante, veniva ad alloggiare nei mesi estivi, prima di fare ritorno nell'abitazione principale di via d'Aquino, a Taranto.

La casa colonica era piccola: aveva un cucinino, un soggiorno e due camere da letto, ma almeno non avremmo più avuto l'incombenza di pagare l'affitto. L'uso della casa era gratuito in cambio della manutenzione dell'ampio spazio esterno antistante. Mio padre aveva in dotazione un Ford Transit con il quale accompagnava nei campi i braccianti agricoli e, al termine della giornata lavorativa, li riportava a casa. Faceva anche da tramite tra la signora e i braccianti, e consegnava loro la paga settimanale. Inoltre aiutava la signora a gestire i rapporti con i compratori, non perché lei fosse sprovvista di capacità contrattuali, ma perché spesso i compratori di uva, grano, arance erano loschi figuri dai modi dozzinali, provenienti da altre regioni del Sud, che a stento parlavano in italiano.

Alle responsabilità del suo nuovo lavoro non corrispondeva però un adeguato salario. Lo stipendio di mio padre era identico a quello dei braccianti che coordinava. Certo, c'era un affitto in meno da pagare, ma c'era un figlio in più da sfamare e mia madre era convinta che il suo lavoro avrebbe meritato un trattamento diverso. Questa sua convinzione generava attriti e malumori. Anche perché, molto spesso, mio padre veniva chiamato al telefono dalla signora per svolgere le più svariate mansioni, non necessariamente relative alla gestione dei terreni agricoli.

Il tutto peggiorò nell'estate del 1981, quando la signora e la sua governante si trasferirono in pianta stabile nella casa padronale di Grottaglie, abbandonando l'appartamento di via d'Aquino. A ogni ora del giorno e della notte chiamava dal patio di casa sua, con la sua voce altisonante. E mio padre rispondeva e, se necessario, eseguiva. Il tempo da condividere con la famiglia pareva essere a volte un peso che non riusciva a gestire. Meglio, in fondo, trovare rifugio dietro agli ordini impartiti dall'alto. Più che da *factotum*, mia madre disse che si comportava da schiavo, come se non avesse alternative.

4

Nei primi anni Ottanta la situazione in famiglia sembrò essersi stabilizzata. Mio padre lavorava, mia madre si occupava della casa e dei figli, noi tutti andavamo a scuola. O quasi tutti. Agli inizi del 1982 il mio fratello maggiore, che frequentava il primo anno di ragioneria in un istituto di Grottaglie, disse ai miei genitori che non voleva saperne di studiare e che aveva intenzione di andare a lavorare.

Sulle questioni scolastiche, e in senso più ampio sulle questioni educative, l'unica ad avere voce in capitolo era mia madre. Mio padre non solo era sempre più immerso nel lavoro, ma non aveva neanche gli strumenti per dare buoni consigli. Mia madre avrebbe desiderato un futuro migliore per i suoi figli. Lei, che si era sposata a sedici anni, dopo aver abbandonato gli studi in seconda media, sapeva benissimo come certe scelte avevano influito sulla donna che era diventata. Però c'era qualcosa che la inquietava: da mesi girava una voce insistente secondo cui in quella scuola si spacciava eroina.

Erano anni che giornali e telegiornali diffondevano notizie su questa nuova piaga sociale. L'eroina è una droga che non dà scampo. L'eroina ha ammazzato centinaia di ragazzi. L'eroina ha distrutto famiglie intere. Tenete lontani i vostri figli dall'eroina. Controllate le braccia dei vostri figli quando tornano a casa. Questi messaggi si erano insinuati lievi nella già fragile mente di mia madre. Il timore di vedere suo figlio quindicenne con le braccia bucate era superiore a qualsiasi considerazione su cosa potesse significare per lui abbandonare la scuola e iniziare a lavorare. A quell'età. Senza un'adeguata istruzione. Se la storia del rapporto di mio padre con i suoi figli fu segnata dall'indifferenza, quella di mia madre era un diorama continuo di paure.

5

Tutto ciò che non rientrava nella giornata lavorativa era escluso dalla porzione di mondo di mio padre. Giunto a casa, nel dopolavoro si liberava dei suoi abiti pregni di terra e sudore, indossava qualcosa di comodo e poi si sedeva a pranzare. Mia madre gli faceva trovare tutto pronto. Se c'era qualcosa che a lui non andava a genio (la pasta troppo scotta o una bistecca al sangue) iniziava a borbottare sottovoce, allontanava il piatto, riempiva il bicchiere di vino e si alzava a prendere della frutta per anticipare il prima possibile la fine del pasto. Mia madre si agitava, sparecchiava e lavava le stoviglie. Non di rado rompeva piatti e bicchieri, raccoglieva i cocci, sistemava tutto e usciva a gettare la spazzatura, mentre mio padre nel soggiorno era sulla poltrona che dormiva, sbattendo con forza la nuca contro la parete, nell'ondivago movimento della sua testa durante il sonno, con la televisione accesa che trasmetteva a tutto volume un telefilm americano con due agenti della California Highway Patrol che scorrazzavano sulle immense *freeways* di Los Angeles a bordo delle loro motociclette.

Era il 1986, lo stesso periodo in cui venne scattata l'unica foto che ho assieme a mio padre. Avevo da poco compiuto sette anni e non comprendevo pienamente l'ostilità che serpeggiava acida tra i miei genitori. Io ero piccolo e avevo bisogno di loro, avevo bisogno dell'affetto di mia madre, dell'uovo e zucchero sbattuto la mattina a colazione, delle passeggiate pomeridiane a raccogliere fichi e more per le strade di campagna, delle sue carezze e dei suoi baci prima di andare a dormire. Io avevo bisogno di mio padre, ma mio padre non giocava, non mi preparava da mangiare, non passeggiava con me, non mi accarezzava né mi baciava. Se ne stava lì sulla poltrona a sognare chissà cosa, in attesa che la notte giungesse rapida, per poi ridestarsi, mettere in moto il suo Ford Transit e allontanarsi da quelle mura. Andargli incontro ogni giorno, quando tornava a casa e parcheggiava il furgone, era un modo per prenderlo in controtempo, in una zona sospesa tra la sua vita e la nostra, dove perfino un suo lieve sorriso avrebbe coinciso per me con il mondo intero.

6

Nel settembre del 1988 mia madre ebbe un aborto spontaneo causato da una gravidanza extrauterina. Fu ricoverata per un fine settimana presso l'ospedale di Grottaglie e al termine degli accertamenti necessari tornò a casa. Al suo rientro decise di non dormire più nello stesso letto con mio padre. Nel soggiorno c'era un divano letto su cui dormiva il mio primo fratello. Quel divano letto a due piazze diventò anche lo spazio in cui mia madre avrebbe trascorso le notti negli anni a venire.

Avevo nove anni, all'epoca, e non sapevo bene cosa potesse succedere nella stanza da letto di due adulti. La porta era sempre chiusa, e ciò che sentivo era il russare profondo e ritmato di mio padre e la voce di mia madre che gli chiedeva di mettersi a pancia in giù per limitare lo strazio. Non credo però che la decisione di mia madre di smettere di condividere la camera da letto con suo marito fosse legata alle sue apnee ostruttive nel sonno. Era strano svegliarsi di notte per andare a bere un bicchiere d'acqua o per svuotare la vescica e vedere mia madre coricata accanto a mio fratello di ventidue anni. La stanza in cui dormivo era a metà strada tra il soggiorno e la camera da letto di mio padre. Per anni mi addormentai avendo nelle orecchie il rumore mixato del russare di mio padre e delle risate di mia madre che guardava ad alto volume il *Maurizio Costanzo Show*.

7

L'idea di avere un altro fratello non mi esaltava. Quella di avere una sorella per casa, al contrario, non mi dispiaceva. Avevo molte cugine con un'età simile alla mia, ed era piacevole trascorrere i pomeriggi con loro, giocare a palla avvelenata, rincorrersi a nascondino per salvare tutti, guardare il fiume di cartoni animati nei pomeriggi su Italia 1. Però l'aborto di mia madre e la sua decisione di dormire lontano da mio padre mi fecero capire che forse l'idea di avere una sorella sarebbe rimasta tale. E quindi avrei dovuto accontentarmi dei miei due fratelli maggiori.

Una volta lasciata la scuola, il mio primo fratello aveva iniziato a fare il barista in un locale molto noto a Grottaglie di proprietà dei cugini di mio padre. Dopo aver fatto il servizio di leva a Bologna, si era fidanzato con una ragazza di qualche anno più giovane. Quando non lavorava, rimaneva a casa ad ascoltare musica o a leggere riviste sul tema: «Il Monello», «Rockerilla», «Rockstar». Aveva una grande collezione di vinili e non voleva assolutamente che venissero toccati. Quando era al lavoro prendevo i suoi dischi, guardavo con attenzione le copertine e leggevo i testi delle canzoni in inglese, molto spesso non capendoci niente, o quasi. Alle scuole elementari studiavo francese, ma sapevo dire solo *au revoir*, *bonjour*, *maison*, *poisson*. La maestra Palazzo era così vecchia che mi aspettavo da un giorno all'altro che la direttrice entrasse in classe annunciandoci la sua morte.

Tra i vinili di mio fratello quello che ascoltavo di più era «Purple Rain» di Prince. Provavo a tradurre i testi con un piccolo vocabolario inglese-italiano. Al di là del significato delle canzoni, ascoltare quel disco mi faceva stare bene, mi dava una sensazione di sospensione dal mondo di cui a volte sentivo di aver bisogno.

Al termine del primo anno di superiori, anche il mio secondo fratello lasciò la scuola. Frequentava l'istituto d'arte di Grottaglie ed era assai portato per il disegno. Dopo un primo quadrimestre dignitoso, smise improvvisamente di studiare. I voti crollarono e agli ultimi colloqui molti dei suoi professori dissero a mia madre che se avesse continuato così avrebbe rischiato la bocciatura. Lei provò a parlargli, non voleva ripetere lo stesso errore fatto con il figlio maggiore, ma lui passava tutte le sere in un angolo in silenzio a guardare la televisione. La preoccupazione di mia madre si acuì, aveva bisogno di capire, di avere chiaro in mente quali fossero le ragioni che avevano spinto uno studente brillante a spegnersi così in fretta, senza dare avvisaglie.

Una mattina, mentre mio fratello era a scuola, lei aprì il suo diario segreto. Vi lesse che un gruppo di compagni di classe aveva iniziato a prenderlo in giro a causa delle sue origini. C'era una secolare rivalità tra Grottaglie e Villa Castelli. I compagni di classe grottagliesi di mio fratello lo avevano messo in un angolo, escludendolo dal gruppo, perché i suoi genitori erano nati e cresciuti a Villa Castelli. Era questa la sua colpa. La colpa di mia madre, invece, fu di aver chiuso quel diario senza affrontare la questione.

A giugno mio fratello venne bocciato. Seguendo un meccanismo già rodato nella nostra famiglia, iniziò a lavorare. Fece il cameriere in un ristorante del paese. Dopo alcuni mesi, con i primi stipendi diede un anticipo e comprò un'Aprilia SX 50. Una sera tornò a casa con i jeans e la camicia strappati, e con le ginocchia e i gomiti insanguinati a causa di un incidente. La moto era andata distrutta, ma c'erano ancora molte rate da saldare. Il mutismo di quei mesi di scuola lasciò spazio a un forte senso di ribellione. Tra il lavoro e le serate con gli amici non c'era mai. Un giorno mia madre, mentre eravamo a pranzo, gli ricordò che aveva ancora diciassette anni e gli intimò di tornare a casa una volta finito di lavorare. «Hai rotto il cazzo» fu la sua risposta. Mio padre in quel momento smise di mangiare, si alzò, e gli tirò uno schiaffo. Io rimasi immobile, mentre gli occhi di mio fratello si riempirono di rabbia e lacrime.

8

Mio padre non era un violento. La sua indifferenza nei confronti della moglie e dei figli era tale che ciò che accadeva all'interno di quelle mura sembrava quasi non riguardarlo. Però ciascuno di noi fratelli ricordava almeno un'occasione in cui il vuoto pneumatico nel quale sembrava immerso lasciò spazio a scatti d'ira e di violenza inaudita.

La circostanza che mi vide protagonista risale all'estate del 1990. Avevamo un problema con la caldaia e da qualche giorno a casa nostra non arrivava più acqua calda. Mio padre chiamò uno dei miei cugini più grandi, che faceva l'idraulico e che poco tempo prima ci aveva montato la caldaia e i termosifoni. Mio cugino capì subito quale fosse il problema – semplicemente, il tasto di accensione era spento – e prese in giro mio padre: «Mi hai fatto venire fino a qui per spingere un tasto». Mio padre si girò verso di me e mi diede la colpa: «Sempre con quelle mani che non stanno mai ferme, guarda che figura che mi hai fatto fare». Risposi: «Non sono stato io, so che la caldaia non si tocca». Mio padre insistette: «La prossima volta te le spezzo quelle mani». Convinto della mia innocenza, replicai: «Ma vaffanculo».

Un vaffanculo davanti al nipote era un'onta da lavare subito. Iniziò a inseguirmi. Entrai in casa, una volta nel soggiorno non potevo sfuggirgli, si avvicinò e mi diede uno schiaffo con tutta la forza che aveva. Io feci un volo, cascai sul divano letto e iniziai a singhiozzare. Quella sera la Nazionale di Azeglio Vicini venne eliminata ai calci di rigore dall'Argentina durante i Mondiali di Italia 90. L'uscita sbagliata di Zenga, il gol di Caniggia, i rigori falliti da Donadoni e Serena, l'esultanza di Goycochea, lo stadio San Paolo che tifava per Maradona, le mie lacrime in un angolo del soggiorno davanti al televisore, lacrime che si aggiunsero ad altre lacrime.

A ritroso

Nonostante lo scetticismo di mia madre, nel marzo del 1973 mio padre riuscì ad aprire un negozio di ortofrutta a Grottaglie. Il mio secondo fratello era nato da meno di un mese. I miei genitori avevano affittato una casa a poche centinaia di metri dalla nuova attività. Poco dopo, il mio primo fratello aveva dovuto cambiare scuola.

Nei primi mesi gli affari andavano discretamente. Mio padre non aveva la stoffa del grande venditore, era taciturno e introverso, ma spesso ad aiutarlo c'era mia madre, che tra una poppata e l'altra trascorreva alcune ore della giornata nel locale. Tutto sembrava andare nel migliore dei modi, almeno fino all'agosto di quell'anno. All'inizio il colera scoppiò a Napoli, e si pensò che l'epidemia fosse partita dai frutti di mare. Furono sequestrate tonnellate di cozze e venne vietato il consumo di pesce. Poi il vibrione, il batterio che causava il colera, si diffuse anche in altre re-

gioni italiane, Puglia compresa. I sospetti della possibile propagazione iniziarono a ricadere su frutta e ortaggi. A settembre gli incassi dell'attività di mio padre crollarono, e lo stesso avvenne nei mesi a seguire. E quando lo spauracchio colera scemò, agli inizi del 1974, mio padre era da mesi che non riusciva più a pagare i fornitori e neanche l'affitto del locale. Inanellò un nuovo fallimento.

Gli attriti con mia madre si fecero quotidiani. La loro comunicazione era ridotta allo zero. Mio padre continuava a bere e a fumare. La sera si addormentava sulla poltrona guardando film di Totò. Il mio primo fratello voleva giocare con lui a calcio nel piccolo giardino condominiale, ma mio padre non ne aveva la forza e la voglia. Aveva trent'anni. Due figli piccoli. Una moglie depressa e sola. Ed era senza lavoro. Mio padre ritornò al nido: il lavoro nei campi, zappare la terra, raccogliere pomodori, potare alberi, lottare con la peronospora della vite, vendemmiare. Si svegliava alle quattro del mattino, poi raggiungeva il posto di lavoro, dove restava fino all'ora di pranzo, tornava a casa, mangiava, dormiva, si svegliava, guardava la televisione fino all'ora di cena, poi andava a letto. Il ripetersi di quelle giornate gli consentiva di non pensare. Il vino gli consentiva di non pensare. La televisione gli consentiva di non pensare. Tutto quel che stava al di fuori del suo mondo era ciò a cui non voleva pensare. Il suo ventre cresceva a dismisura. La sua famiglia galleggiava aliena.

9

Nel settembre del 1990 iniziai a frequentare le medie. La scuola mi piaceva, amavo imparare cose nuove, amavo la matematica, la storia e la geografia, amavo scrivere, meno l'analisi grammaticale e quella logica, e non ero per nulla portato per il disegno. In educazione fisica ero un po' un disastro, soprattutto nella corsa, perché nell'ultimo anno avevo preso qualche chilo, anche se giocavo volentieri a calcio, spesso in difesa.

La classe era numerosa, eravamo ventotto tra ragazzi e ragazze, sette avevano frequentato con me la scuola elementare, e questo facilitava la mia integrazione nel nuovo gruppo. I miei migliori amici a scuola erano Ciro, Marcello e Pasquale, li conoscevo dalla prima elementare e con loro trascorrevo spesso i pomeriggi, facendo i compiti e giocando a pallone.

In seconda media iniziammo anche a interessarci

alle ragazze. A me piacevano Letizia e Adriana. Erano così graziose, con i loro ricci castani e i grandi occhi verdi. Letizia non solo non ci degnava di uno sguardo, ma pareva non essere interessata per nulla a ogni forma di corteggiamento, mentre Adriana ci guardava dall'alto in basso e a metà anno si fidanzò con un ragazzo di quindici anni che frequentava il quinto ginnasio.

La verità è che continuavo a ingrassare. In più, ero costretto a portare un apparecchio ortodontico mobile per un fastidioso morso inverso che mi costringeva spesso a trascorrere giornate intere a casa in preda a terribili mal di testa. In definitiva, nel nascente mercato delle relazioni amorose tra preadolescenti non ero tra i prodotti più richiesti. Le immagini di Letizia e di Adriana iniziarono a popolare la mia mente, facendomi compagnia nel bagno di casa, quando cominciai a dedicarmi all'arte solipsistica della masturbazione.

10

Quando a scuola i professori mi chiedevano che lavoro facesse mio padre, io annaspavo, cincischiavo, provavo a elaborare nella mente perifrasi che potessero avvicinarsi al vero senso di ciò che faceva senza dichiararlo appieno. In fondo, era un bracciante agricolo. Tutti in paese però lo chiamavano «fattore». Svolgeva mansioni di responsabilità per conto della signora. Di solito rispondevo: «Dirige un'azienda agricola». Era una menzogna bella e buona. Non dirigeva nulla. Le ragioni di questa falsificazione erano dovute alla presenza nella mia classe di figli di avvocati, medici, farmacisti, amministratori locali. Mio padre era un bracciante, e io me ne vergognavo. Sentivo echeggiare da anni le parole di mia madre sulla sua incapacità nel farsi riconoscere quanto gli spettava, nel non farsi umiliare, nell'alzare la testa e ottenere rispetto.

In seconda media per la mia festa di compleanno mia madre decise di invitare a casa tutti i miei compagni di classe, preparando una lauta merenda pomeridiana. Io da un lato ero contento; per la prima volta non festeggiavo con i miei parenti bensì con i miei amici. Sentivo che qualcosa stava prendendo una piega diversa: non solo cresceva il mio corpo, cambiava la mia voce, iniziavo ad avere peli sotto le ascelle e sul pube, ma anche la mia vita relazionale si nutriva di altre presenze al di fuori del nucleo familiare. Però questa contentezza dialogava con un senso profondo di disagio, per la nostra casa piccola e sgangherata, non all'altezza della villa dell'avvocato o dell'appartamento in centro del farmacista, e per mio padre, con le sue camicie sbottonate, i pantaloni Carrera logori, la pelle sempre bruciata dal sole, le scarpe sporche di terra, la pancia enorme, i denti consumati dal fumo, la sua incapacità di parlare in italiano. E vissi tutta quella serata con la paura che i miei compagni di classe potessero smascherarmi e sbugiardarmi. Come può fare questo qui a dirigere un'azienda agricola? Mentre soffiavo le candeline, con tutti i miei compagni stretti a me per la foto di rito scattata da mia madre, sentii il cuore battere forte e contai i minuti che mi separavano dalla fine della festa.

11

A casa mia in quegli anni non c'erano libri. Intendo libri di poesia, raccolte di racconti, romanzi, testi teatrali, opere di saggistica. Nulla di nulla. Non credo di aver mai visto mio padre leggere. Inoltre, non credo che negli anni seguenti abbia mai sfogliato uno dei libri che ho scritto. In compenso, però, le mensole del soggiorno e della camera da letto erano piene di fumetti. Il mio primo fratello collezionava da anni «Tex» e «Zagor», il mio secondo fratello amava molto le storie nere di «Dylan Dog», io ogni domenica mattina andavo in edicola per comprare l'ultimo numero di «Topolino».

Quando la professoressa di italiano ci chiese di portare in classe un testo di narrativa, io andai nel panico più assoluto. La prima cosa che mi venne in mente, visto che a Grottaglie non c'erano librerie, fu di andare in edicola, ma era giovedì e nel pomeriggio in paese tutte le attività commerciali erano chiuse. Pensai che l'unica cartuccia a mia disposizione fosse quella di chiedere in prestito alla signora uno dei suoi libri. Mi era capitato in più di un'occasione di entrare nella sua casa e di rimanere ammaliato dinanzi all'ampia libreria che si estendeva lungo un'intera parete del suo enorme salone. Spiegai a mia madre la questione e lei mi disse di andare immediatamente e di chiedere alla governante un libro in prestito, prima che la signora facesse ritorno. Mia madre odiava ricevere favori da lei. Quindi, meglio agire di soppiatto.

La governante era una donna molto più grande di mia madre, che lavorava con la signora da più di vent'anni, non era sposata e non aveva figli. Con lei avevo da sempre un buon rapporto, era dolce e premurosa, e fin da piccolo mi viziò donandomi caramelle e leccornie di ogni genere. Quel giorno lei e io stabilimmo una sorta di patto. Potevo prendere in prestito tutti i libri che volevo, uno per volta, ma dovevo stare molto attento a non sgualcirli, e soprattutto a non perderli. La signora ne era molto gelosa. Tra questi, alcuni erano di grande valore. Scelsi di portare a casa *Il giardino dei Finzi-Contini* di Giorgio Bassani. Sfogliando in fretta le pagine, con l'ansia di essere colto in flagrante dal ritorno della signora, scoprii che i giovani protagonisti del romanzo amavano giocare a tennis. E il tennis era uno sport che stavo scoprendo in quegli anni, seguendo in televisione i tornei del Grande Slam e gli incontri dell'Italia in Coppa Davis, e innamorandomi delle gesta di un tennista italiano geniale e sregolato, che in carriera non aveva mai vinto niente o quasi: Paolo Canè.

Non solo a scuola svolsi l'attività che ci aveva dato la professoressa, ma nei giorni seguenti, nei lunghi pomeriggi primaverili che anticiparono la fine dell'anno scolastico, mi lasciai incantare dal tormentato sentimento che prova l'io narrante nei confronti di Micòl. Così, nella lunga estate del 1993, dopo l'esame di terza media trascorsi molte delle mie giornate in compagnia dei libri. La signora aveva un'intera sezione dedicata ai classici della letteratura mondiale e un'altra occupata da libri di autori italiani del Novecento. In quei giorni lessi per la prima volta alcune opere di Italo Calvino, Alberto Moravia, Cesare Pavese, Elsa Morante e Pier Paolo Pasolini, e compresi che tra le pagine dei libri potevo incontrare mondi che avrebbero reso più tollerabile il trascorrere delle giornate tra le mura domestiche.

12

Avevo quattordici anni e molte cose stavano cambiando in me. Di certo nella mia vita non c'era più spazio per l'idealizzazione della gente che mi circondava. Se a sette anni perdonavo a mio padre la sua assenza e il suo disinteresse, a quattordici avevo esaurito tutto lo spazio disponibile per la comprensione. Vedevo cosa faceva. Vedevo come si comportava. Ero stanco. Soffrivo. Beveva una bottiglia da un litro e mezzo a pasto. A volte allungata con la Fanta. Fumava tanto, sia al lavoro che a casa. Tre pacchetti al giorno di Merit 100's. Passava sempre più ore sulla poltrona davanti al televisore. Sembrava quasi non essere più interessato a ciò che andava in onda, ma la TV era la compagna fedele dei suoi pomeriggi tutti identici. Oltre a trascurare la famiglia, trascurava anche se stesso. Un giorno, a pranzo, mentre masticava una bistecca di maiale, perse nel piatto un incisivo già corroso dalla nicotina. Sarebbe andato dal dentista solo mesi dopo, quando avrebbe perso anche un altro incisivo e il dolore sarebbe diventato intollerabile.

Una notte smise di respirare durante il sonno, andò in apnea e iniziò a strillare chiedendo aiuto. Mia madre e io accorremmo. Mia madre lo tenne su e gli diede delle pacche sulla schiena, provando a farlo riprendere. Il suo viso aveva un colore violaceo, gli occhi erano spalancati. Aveva meno di cinquant'anni, ma i suoi polmoni erano ridotti allo stremo. Eppure, smise di fumare solo nel momento in cui rischiò davvero di morire, anni dopo, salvato *in extremis* dall'arrivo dell'ambulanza e dal rapido trasporto all'ospedale di Martina Franca.

L'unico suo contatto con la realtà era rappresentato dal rapporto con la signora. Era lei che riusciva a disporre di lui nei tempi e nei modi che più le aggradavano. Lei lo destava dal torpore dei pomeriggi sulla poltrona. Lei sembrava avere la forza di tenerlo appeso all'ultimo gancio della sua vita attiva. Mia madre provava a scuoterlo. Gli diceva che si faceva trattare come uno schiavo, gli diceva che avrebbe dovuto farsi rispettare di più, gli diceva che avrebbe dovuto farsi pagare per tutto il tempo che trascorreva al suo servizio anche negli orari extralavorativi, gli diceva che avrebbe dovuto dedicarsi un po' anche alla famiglia. Mio padre non rispondeva mai. Al massimo borbottava. Al massimo bestemmiava. Sottovoce.

13

A giugno andai con mia madre a ritirare il diploma di licenza media. La mia professoressa di matematica le consigliò di iscrivermi al liceo scientifico. Lei si fidò di quella opinione. Io, pur avendo scoperto negli ultimi mesi una smodata passione per la lettura, pensai che il liceo scientifico fosse la scuola giusta per me, anche perché nella mia classe si vociferava che al liceo classico ci andassero solo i figli di papà, e il maremoto del mio nascente spirito di ribellione mise il punto definitivo sulla questione. Mio padre non conosceva la differenza tra un liceo e un istituto tecnico o professionale. Quello che più lo impressionò fu la somma ingente di denaro che fu costretto a sborsare agli inizi di settembre per l'acquisto dei libri. Mia madre lo azzittì dicendo che dopo il fallimento con gli altri due figli restava solo un'ultima possibilità.

Nel 1993, a metà settembre, feci il mio ingresso nella 1ª D del Liceo scientifico «Giuseppe Moscati» di Grottaglie, la sezione più disgraziata dell'intera scuola, dislocata in una succursale, poco più di un garage, a poche decine di metri dal plesso principale. Eravamo trenta studenti, provenienti non solo da Grottaglie, ma anche dai paesi limitrofi: San Giorgio Ionico, Montemesola, Monteiasi, Carosino, Villa Castelli.

Il mio compagno di banco era Sergio, che conoscevo già dai tempi delle elementari. Lui era magro, capelli corti, biondo e con gli occhi azzurri. Io sovrappeso, capelli lunghi e neri e occhi castani. Passavamo i pomeriggi assieme, ascoltando musica e facendo i compiti. Avevamo una passione in comune: i Nirvana. In un pomeriggio rovente dell'estate del 1992 con mia cugina Maria Grazia avevo visto su MTV un video di un gruppo allora per entrambi sconosciuto. C'era un ragazzo smilzo e biondo che strillava in un microfono e si gettava con la testa contro amplificatori e batteria. C'era un batterista a petto nudo, con i capelli lunghi e neri, che picchiava forte contro i tamburi, e un bassista altissimo che muoveva le dita sulle corde e saltava scalzo sul palco. Era un suono nuovo, selvaggio, violento e disperato. Io e mia cugina ci eravamo guardati con occhi attoniti e interrogativi: ma cos'è questa roba? Era il video di *Lithium*, e da allora la mia passione per il gruppo di Seattle si fece totale. I Nirvana piacevano anche a Sergio, con il quale dopo qualche settimana di scuola andai a comprare la musicassetta di «In Utero».

Il primo anno di liceo volò via liscio, la mia pagella era piena di 8, qualche 7 e un paio di 9. Per festeggiare la fine dell'anno scolastico un mio compagno di classe, Dario, organizzò una festa a casa sua, approfittando dell'assenza dei genitori, fuori per il weekend. Aveva invitato solo la nostra classe, ma il passaparola ebbe la meglio e alle nove di sera c'erano un centinaio di adolescenti e il frigorifero straripava di alcol. Alla festa partecipò anche Roberta, una nostra compagna che a me piaceva tanto, bionda, con gli occhi azzurri, alta e con un fisico da pallavolista. Era una ragazza che amava molto leggere e che spesso mi chiamava a casa nei pomeriggi dopo la scuola per confrontare i risultati dei compiti di matematica. Pensai che quella festa potesse essere una buona occasione per chiederle di uscire. Ma io non ci sapevo fare con le ragazze, ero timido e imbranato, e poi, anche se da qualche mese avevo tolto l'apparecchio, i miei chili in più mi rendevano insicuro.

Iniziai a bere birra per sciogliermi e tentare di avvicinarmi a lei per fare un po' di conversazione, tuttavia quella sera non riuscii a rivolgerle la parola, perché con i miei compagni di classe bevemmo una birra dietro l'altra, e dopo aver svuotato qualche cassa aprimmo le danze dei superalcolici. Tornai a casa barcollando. Mia madre e il mio secondo fratello mi aspettavano svegli. Mio fratello mi chiese se andasse tutto bene. Io lo guardai stanco e ubriaco e gli dissi sì. Poi iniziai a vomitare e andai avanti per tutta la notte, senza sosta, e quando non avevo nient'altro da tirar fuori se non sangue, mia madre, impaurita e in lacrime, decise che era il caso di accompagnarmi in ospedale. Per un paio di giorni restai attaccato alla flebo. Mio padre non venne mai a trovarmi. Ero certo che fosse arrabbiato con me. Lo immaginavo seccato per aver mandato in tilt le sue abitudini. Lavoro, pranzo, poltrona, cena, letto, queste erano le parole che scandivano la sua esistenza. Tutto il resto era fastidio. Noi eravamo fastidio.

14

Per mio padre farsi la barba era un rito. Sveglia alle quattro, caffè e sigaretta, poi in bagno davanti allo specchio, applicava la schiuma da barba per la rasatura, verificava lo stato di usura delle lamette, accendeva un'altra sigaretta, iniziava a radersi con movimenti delicati e leggeri, risciacquava spesso le lamette, accendeva una terza sigaretta, ultimava il lavoro rasandosi contropelo, lavava il viso nuovamente, cospargeva la pelle di dopobarba e spegneva la cicca. Gli stessi gesti per anni.

Quando la mattina mi svegliavo per prepararmi prima di andare a scuola, l'intero piccolo spazio del bagno era saturo di fumo. Nonostante avessi aperto le finestre il fumo era ovunque, si depositava sugli oggetti, oltrepassava la soglia della stanza, invadeva la casa, si infilava nelle mie narici. Credo che la ragione per cui il fumo non è mai stato compagno fedele della mia vita, ma solo sporadica apparizione nel desiderio di ribellione giovanile, sia legata a questo rito mattutino di mio padre, alla puzza di nicotina, monossido di carbonio, acido cianidrico, toluene, acetone, catrame, ammoniaca, acroleina, acrilonitrile, cianuro di idrogeno e metilammina sprigionata dalla combustione della sigaretta, che fu per anni il primo odore che respiravo una volta tornato alla vita, dopo la sospesa morte del sonno.

C'è di più. A partire dal primo anno di liceo, iniziai a radermi. Lo facevo di nascosto, quando la casa era vuota, per non essere disturbato, per prendermi tutto il tempo di cui avevo bisogno. Utilizzavo la schiuma da barba di mio padre, il suo pennello, il suo rasoio. Le prime volte uscivo dal bagno con la pelle del viso squarciata in più punti, col sangue tenuto a bada da piccoli batuffoli di ovatta. Mia madre e i miei fratelli mi prendevano in giro. Mio padre non mi vietava di usare i suoi strumenti, ma mi chiedeva di chiudere il tubo della schiuma da barba, non lasciare il pennello sporco, non mettere in disordine il cassetto del bagno in cui erano impilate le sue lamette.

I mesi passarono, e rasatura dopo rasatura la mia barba crebbe più fitta e più in fretta, fino a quando, una domenica mattina di maggio, mentre passavo con attenzione le lamette sul viso, mi apparve riflesso nello specchio il volto di mio padre. Mi sciacquai e dopo aver riposto le sue cose abbandonai il bagno con un senso di smarrimento.

15

Durante l'estate del 1994 persi quindici chili. I giorni in ospedale avevano dato l'abbrivo all'idea di rivedere le mie abitudini alimentari. Più che mutare il mio modo di mangiare, quell'estate smisi quasi completamente di nutrirmi. Si fece sempre più evidente il fatto che non mi piacevo. Non solo, ero anche convinto che l'immagine che vedevo riflessa nello specchio fosse poco appetibile per le ragazze. O forse dovrei dire per *la* ragazza. Perché Roberta era l'unica che mi faceva battere il cuore. Ma lei non lo sapeva, e se non mi fossi dato una svegliata non lo avrebbe saputo mai.

Mia madre era preoccupata. Chiedeva consigli alle sorelle. Era convinta che stessi diventando anoressico. Aveva visto in televisione una puntata di *Medicina 33* in cui si parlava di questa nuova malattia che stava falcidiando le giovani generazioni e una ragazza aveva raccontato la sua storia al *Maurizio Costanzo Show*.

Quell'estate non solo decisi di dimagrire, generando ansia e inquietudine in mia madre, ma smisi di mangiare carne e pesce. Mio padre mangiava carne una volta al giorno. Dopo gli anni della sua giovinezza, in cui la carne si metteva a tavola solamente la domenica, ora per lui bistecche, braciole, cotolette, spiedini, polpette rappresentavano la certezza di una vita migliore. Speravo che l'idea di avere un figlio vegetariano potesse ferirlo. O almeno disturbarlo. O irritarlo.

In quel periodo della mia vita sentivo forte il desiderio di una nuova nascita che doveva passare dal mio corpo e dal tentativo di scuotere mio padre dal suo torpore. Questa rinascita significava anche aprirmi al mondo, alle amicizie e, perché no, all'amore.

16

Il secondo anno di liceo scorse via veloce, i voti a scuola continuarono a essere solidi, mi piaceva studiare e mi piaceva anche essere considerato un buono studente.

A mio padre non interessava il mio rendimento scolastico. Non era mai venuto a un colloquio, non sapeva chi erano i miei professori, non sapeva cosa dicevano o pensavano di suo figlio. Mia madre gli disse che avrebbe dovuto essere orgoglioso di me. Almeno uno in famiglia che studiava. Il mio primo fratello si era sposato da un paio d'anni e continuava a lavorare come barista in un altro locale del paese; il mio secondo fratello faceva il cameriere in un grande ristorante della provincia di Brindisi. Mia madre era consapevole del fatto che aver abbandonato la scuola era la ragione per cui i miei fratelli erano condannati a svolgere questi lavori faticosi e poco remunerativi. Si sentiva in colpa per non aver provato con più insistenza a tenerli in classe. Riponeva in me la sua ultima speranza.

Anche fuori dalla scuola sembrava girare tutto per il verso giusto. Oltre che con Sergio, durante il fine settimana uscivo con Fabrizio ed Enrico. Se con Sergio l'amicizia si fondava sulla grande passione che avevamo entrambi per il grunge e per il rock, con Fabrizio ed Enrico era la letteratura a fare da collante. Avevo iniziato io a portare i libri in casa, comprandoli e prendendoli in prestito dalla biblioteca scolastica. Fabrizio era figlio di un'insegnante, suo padre invece era morto quando lui era piccolissimo. La sua casa e la sua camera da letto erano stracolme di libri. Enrico aveva il padre avvocato e la madre dottoressa. Abitava a pochi metri da casa mia. Aveva una bella villa con piscina e spesso, quando non stavamo sul viale principale del paese a bere birra, ci rifugiavamo nella sua mansarda a leggere gli scrittori della *beat generation* e a tracannare pessimo whisky comprato al discount. Sempre in quella mansarda iniziammo a scrivere le prime poesie. Erano ingenui sfoghi adolescenziali carichi di malessere, ma avere qualcuno a cui poterli leggere senza sentirsi giudicato era qualcosa di impagabile.

Con Roberta, invece, le cose non andavano nel migliore dei modi. Continuavamo a parlare durante le giornate di scuola e a sentirci al telefono, ma non riuscivo ancora a chiederle di uscire, né tantomeno a confessarle ciò che provavo realmente per lei. Con l'inizio dell'estate, però, si presentò un'occasione che non potevo lasciarmi sfuggire. Come ogni anno, Roberta trascorreva le vacanze estive nella casa al mare di famiglia a Pulsano. Alcuni giorni prima della sua partenza mi chiamò al telefono e mi disse che se avessi voluto sarei potuto andare da lei per trascorrere del tempo assieme. Pensai che fosse la volta buona. Dopo un paio di settimane le telefonai. Rispose Ada, la sua sorella gemella. Mi passò Roberta e le dissi che il giorno seguente sarei andato a trovarla. Lei mi rispose che era molto contenta di vedermi. Ci demmo appuntamento alle tre del pomeriggio in un bar. In mattinata presi lo zaino, misi dentro un telo e due regali per lei: il romanzo *Diario di un millennio che fugge* di Marco Lodoli e una musicassetta registrata da me con brani dei cantanti che ascoltavo in quel periodo: Sonic Youth, Melvins, Siouxsie and the Banshees e Pixies.

Dopo aver preso un autobus da Grottaglie, alle tre in punto ero al bar. Aspettai una decina di minuti sorseggiando birra Raffo gelata e poi la vidi apparire da lontano, già abbronzata, con addosso un bikini verde fosforescente che donava luce alle sue lunghe gambe e al suo seno perfetto. Mi abbracciò, mi diede un bacio sulla guancia, poi mi disse di seguirla. E così feci, lei davanti, a passi solerti, io dietro, con jeans, maglietta, sandali, lo zaino con dentro i suoi regali e nella mano la bottiglia con mezza birra. Arrivammo a pochi metri dalla battigia, dove erano sdraiati tre ragazzi e due ragazze. Uno dei ragazzi si alzò di scatto, si avvicinò e sorrise a Roberta. Si chiamava Marco. Lei me lo presentò come il suo nuovo fidanzato.

17

In terza liceo iniziai a studiare filosofia. Avevamo una professoressa che ci guidò alla scoperta della riflessione sull'essere di Eraclito e Parmenide, del metodo maieutico di Socrate, del mondo delle idee di Platone, della logica aristotelica, fino ad arrivare allo studio dei principi della filosofia cristiana, patristica e scolastica. Passavo interi pomeriggi a studiare e a ragionare sul significato profondo delle idee di quei pensatori del passato. Oltre al libro di testo, arricchivo le mie conoscenze con altri manuali scolastici. Fu nel succedersi di quelle pagine che iniziai a sentirmi meno solo al mondo. Se rivolgevo lo sguardo al di fuori del perimetro dei libri, la paura divampava e m'incendiava.

Nel secondo colloquio dell'anno, la professoressa disse a mia madre che da tempo immemore non vedeva uno studente con la voglia di imparare che avevo io. Mia madre, che da un paio di anni aveva ricominciato a lavorare come aiuto pasticciera in un bar del paese, ogni sabato tornando dal lavoro passava in edicola per acquistare le uscite dei «Classici del pensiero». E la mia stanza si riempiva non solo dei libri di Allen Ginsberg, Jack Kerouac, William Burroughs, ma anche con le *Confessioni* di sant'Agostino, l'*Elogio della follia* di Erasmo da Rotterdam, i *Pensieri* di Pascal, il *Dizionario filosofico* di Voltaire, l'*Emilio o dell'educazione* di Rousseau, e poi ancora il *Manifesto* di Marx, *Così parlo Zarathustra* di Nietzsche e *L'interpretazione dei sogni* di Freud. Se la letteratura mi consentiva di intraprendere viaggi al di fuori di me, con la filosofia il viaggio che intraprendevo passava dentro di me.

Trascorsi gran parte dell'estate a Grottaglie, nascosto nella mia stanza con un ventilatore addosso. La stanza era solo mia, almeno per un po', perché il mio secondo fratello da un anno si era trasferito a Vicenza, dove lavorava in una fabbrica. Anche lui, come i miei genitori negli anni Settanta, aveva provato la carta del trasferimento altrove per cercare fortuna; anche lui, come i miei, dopo qualche anno sarebbe tornato a casa, ricominciando da zero.

Ad agosto andai una settimana sul Pollino, in un campo estivo organizzato dalla parrocchia. Con il lavoro di mia madre e dei miei due fratelli adulti, la situazione economica a casa era lievemente migliorata. Mandarmi una settimana sul Pollino non era fuori dalla loro portata. Del gruppo dei partecipanti al campo estivo alcuni ragazzi frequentavano la mia scuola. Altri li conoscevo solo di vista. Altri ancora non li avevo mai visti. Fu proprio un mio amico, Cristiano, che una sera, mentre eravamo in un bar a farci qualche giro di tequila bum bum, mi passò un volantino e mi disse di dargli uno sguardo.

Una volta arrivati sul Pollino mi ammalai. E passai i primi tre giorni del campo estivo con una febbre altissima, che interpretai come una nemesi per il mio ateismo. Pur avendo ricevuto tutti i sacramenti, pur facendo parte di una famiglia tradizionalmente cattolica, erano anni che non entravo in una chiesa, e inoltre la lettura di alcuni scrittori e filosofi aveva determinato in me un forte sentimento anticlericale, al quale avevo aggiunto un deciso abbandono di ogni convinzione metafisica. Gli educatori e il parroco iniziarono a pensare che fosse meglio che i miei genitori mi venissero a prendere. Parlai con mia madre al telefono e le spiegai la situazione. Lei mi richiamò dopo una mezz'ora e mi disse che mio padre non poteva venire perché era impegnato con la vendemmia e non poteva assentarsi dal lavoro, ma che lei avrebbe provato a informarsi su come raggiungermi in treno. Le dissi di stare tranquilla, che mi sarei rimesso in fretta; in fondo era solo una banale influenza ed era inutile smuovere mari e monti, la domenica sarei tornato in autobus con il resto del gruppo. In effetti la mattina seguente, grazie anche a un numero spropositato di supposte di Tachipirina, mi sentii meglio e iniziai a passeggiare con gli altri, a pranzare e a prendere parte alle discussioni pomeridiane sui valori della vita, a cenare e a stare in compagnia attorno a un fuoco acceso, mentre alcuni ragazzi suonavano la chitarra e cantavano.

In quei giorni conobbi alcune ragazze interessanti. Due di loro le baciai. Una si chiamava Valentina, aveva quattordici anni, era piccola di statura, bionda, con due occhi sottili e verdi e un seno assai abbondante, nonostante l'età. Aveva appena terminato il quarto ginnasio. I suoi genitori erano separati da un anno, lei stava con la madre, che viveva una fase di acuta depressione, beveva molto, non andava più al lavoro e dimenticava di dare da mangiare al cane. Il padre aveva una nuova compagna. Era regolare nel versamento delle mensilità del mantenimento, ma era scomparso completamente dalla sua vita. Lei si trovava al campo estivo col suo fidanzato, Gianluca, con cui stava insieme da sei mesi. Lui aveva diciassette anni, come me. Era venuto sul Pollino con i suoi compagni di classe, spesso però si dimenticava della sua ragazza. Mentre lei e io stavamo facendo una passeggiata fuori dall'albergo, lui se ne stava rintanato in camera a giocare a carte con gli amici. Valentina si sentiva trascurata e sola. Così la baciai, approfittando delle sue fragilità, e mi sentii improvvisamente invaso da un profondo senso di colpa, perché sapevo che era sbagliato baciare una ragazza che aveva già un fidanzato. E continuai a sentirmi in colpa per tutta la durata del bacio, anche quando con malizia le infilai due dita all'interno della scollatura della maglietta per toccare con mano la consistenza dei suoi capezzoli. Il mio senso di colpa era dovuto anche al fatto che, mentre la baciavo, in realtà pensavo alle labbra, ai capelli e al seno di Roberta. Qualche giorno dopo essere tornati a Grottaglie la incontrai di nuovo. Era in compagnia del suo ragazzo. Fece finta di non vedermi. Sotterrò lo sguardo. Lui mi fece ciao e io ricambiai il saluto.

18

All'inizio del mio quarto anno di liceo ritornai a scuola e scoprii con tristezza che la professoressa di filosofia era stata trasferita a Taranto. Al suo posto arrivò in classe una giovanissima docente al suo primo incarico. Era magra e con lunghi capelli neri che le arrivavano all'altezza del sedere. Capii dopo poche lezioni che lei e la filosofia erano due mondi distanti. Arrivava in classe, ci faceva aprire il libro e ci indicava cosa sottolineare. In questo modo ci faceva studiare il metodo sperimentale di Galileo, il dualismo cartesiano, il panteismo di Spinoza, la filosofia politica di Hobbes, la teoria dello Stato liberale di Locke e le categorie di Immanuel Kant.

Se la vecchia professoressa, attraverso la passione delle sue lezioni, aveva acceso in me la scintilla della filosofia, lei in pochi mesi riuscì a farmela odiare. Più in generale, riuscì a farsi odiare da molti della classe. Molti, ma non tutti. Perché Enrico, uno dei miei amici più cari, si prese una cotta per lei. Non solo: iniziò a corteggiarla, regalandole libri con dentro bigliettini pieni di versi sdolcinati, fino a invitarla a bere un caffè dopo l'orario scolastico. La professoressa era sposata, ma la relazione tra lei e suo marito era in stallo ed essere sedotta da uno studente di diciassette anni, alto, bello e che nonostante la giovane età sapeva come approcciare una donna, non le sembrò così fuori dal comune. Accettò il caffè, e quell'incontro sancì l'inizio della loro relazione.

La segretezza della storia era necessaria. Lei trentadue anni. Lui diciassette. Pur con le accortezze del caso, i suoi amici, me compreso, vennero a sapere nell'immediato cosa stesse accadendo. Una sera di aprile di quell'anno andammo a vedere un concerto di una cover band di Vasco Rossi in un pub di Carosino, un paese poco distante da Grottaglie. Il cantante del gruppo era Giovanni, un nostro compagno. Quasi tutta la classe era presente. A metà serata arrivò anche Enrico con lei. Facemmo spazio nel nostro tavolo. Era strano bere birra con la propria professoressa di filosofia. Ed era strano vederla vestita con una minigonna in pelle e con un rossetto intenso sulle labbra. Dopo la terza birra decise di salire sul tavolo per ballare sulle note di *Bollicine*.

Più la loro storia andava avanti, più il loro amore si faceva travolgente, più la segretezza del primo periodo sembrava venire meno. Un pomeriggio Enrico invitò me e Fabrizio ad andare a casa sua a vedere un film. Quando arrivammo, Enrico ci fece accomodare in mansarda. Ci disse che c'era anche la professoressa. Pochi secondi dopo lei uscì dal bagno. Era nuda. Vidi i suoi capezzoli scuri e piccoli. Vidi il pube ricoperto da una folta peluria nera. Ci chiese scusa. Non immaginava che fossimo lì. Io e Fabrizio le rispondemmo imbarazzati di non preoccuparsi. Lei andò a vestirsi. Noi infilammo nel videoregistratore la cassetta di *Natural Born Killers*.

19

Era un pomeriggio di metà ottobre, il caldo afoso dell'estate appena conclusa lasciava spazio alle prime giornate autunnali di pioggia. Ero a casa. Provavo a tradurre una versione di Seneca tratta dal *De brevitate vitae*, ma la voglia era poca ed ero distratto dal rumore che faceva mio padre mentre dormiva in poltrona e dai pensieri che mi affollavano la mente per aver scoperto qualcosa che lo riguardava.

Qualche mese prima, il suo medico curante gli aveva vietato categoricamente di fumare. Per alcune settimane aveva avuto una tosse fastidiosa che non voleva saperne di affievolirsi. «Se non smetti di fumare seduta stante, ti resta poco da vivere», così gli aveva detto. E mio padre sembrava essersi convinto. Del resto, sessanta sigarette al giorno per trent'anni delineavano un quadro non proprio roseo per lo stato dei suoi polmoni. La mattina, quando andavo in bagno, finalmente non dovevo più sorbirmi quella terribile puzza di nicotina. Eppure, nonostante ciò, ogni volta che mio padre tornava a casa dal lavoro mia madre mi diceva: «Non senti questa puzza di fumo?». Provai a farci caso e in effetti, durante i nostri pranzi, a volte si sentiva davvero un forte odore di sigaretta appena fumata. In più di un'occasione mia madre gli chiese se avesse ricominciato. Lui non solo negava, ma sbuffava e bestemmiava, come ogni volta che veniva messo in discussione il suo modo di vivere.

Quel giorno, poco prima di provare a tradurre Seneca, andai nel suo furgone per prendere una pinza che mi serviva per stringere qualche bullone allentato della mia mountain bike. Non trovandola nel solito posto, diedi uno sguardo in altre zone del furgone. Così, nascoste sotto al sedile, trovai due stecche di sigarette Vogue, le stesse che fumava la signora. Mio padre aveva ricominciato a fumare, nascondendolo a sua moglie, scegliendo la marca che comprava abitualmente al suo capo. *Maior pars mortalium, Pauline, de naturae malignitate conqueritur, quod in exiguum aevi gignimur.* Sì, siamo generati per una breve esistenza, così come diceva Seneca all'inizio del testo che stavo traducendo, ed ero certo che tante altre volte mio padre aveva mentito a mia madre, tenendole nascoste piccole e grandi cose pur di non sentirla lamentarsi. *Non exiguum temporis habemus, sed multum perdimus.* E per non perdere ulteriore tempo, decisi di accantonare lo sconcerto e di mettermi a finire la traduzione. Mio padre continuava a russare e a sbattere la testa con forza contro la parete, mentre su Rete 4 si susseguivano le puntate di *Walker Texas Ranger*. In fondo, quello era l'ultimo pensiero che dedicavo alla faccenda. Poteva anche riprendere a fumare e non smettere mai più. Per quanto mi riguardava, che fosse vivo o morto, poco o nulla sarebbe cambiato.

20

Mio padre non era l'unico adulto a disturbarmi in quel periodo della mia vita. A lui, di certo, dovevo accostare la professoressa di filosofia che, continuando la sua storia d'amore con Enrico, aveva del tutto messo in secondo piano i suoi doveri di insegnante. Il programma stentava ad andare avanti, e anche gli argomenti che si studiavano venivano affrontati in maniera superficiale, senza che ci fosse mai una spiegazione per chiarire concetti complessi. Le pagine di Hegel, Schopenhauer, Kierkegaard e Nietzsche passarono veloci davanti ai nostri occhi, tra una lezione e l'altra, settimana dopo settimana, senza lasciare tracce durature nelle nostre menti. Lo stesso accadde per il programma di storia, materia che insegnava sempre lei. La paura che potessero uscire filosofia o storia tra le materie orali alla maturità iniziava a farsi sentire. A ciò si aggiunse la nostra disastrosa preparazione in matematica.

Il professore di matematica e fisica era un uomo di sessant'anni, molto rude nei modi, che conosceva la materia ma che aveva tirato i remi in barca. Viveva lo stare in classe con disinteresse e stanchezza. All'inizio delle sue ore ci assegnava un esercizio, poi restava sulla soglia della porta a fumare Marlboro e leggere il «Corriere della Sera». Quando nessuno della classe riusciva a risolvere l'esercizio (cosa che accadeva spesso), dopo una serie di improperi si metteva alla lavagna, in pochi secondi lo svolgeva senza spiegarci i passaggi più complessi, e una volta terminato lanciava il gessetto contro qualcuno a caso, dicendoci che se avessimo continuato così, alla maturità saremmo stati destinati al fallimento. Però quando si trattava di flirtare con la professoressa di italiano e latino sembrava mettere da parte il suo catastrofismo e farsi perfino ironico.

La professoressa era sulla cinquantina, bionda e pienotta, di origini napoletane, assai simpatica. Erano entrambi sposati, il prof con una donna sovrappeso e poco avvenente, la prof con un uomo molto più grande di lei, un avvocato di Taranto avviato al pensionamento. La loro storia extraconiugale iniziò nel bel mezzo del nostro ultimo anno di liceo, nello stesso periodo in cui la relazione tra lo studente e la professoressa di filosofia finì sulla bocca di tutti. Il preside la costrinse a mettersi in aspettativa, e al suo posto venne un supplente. L'anno successivo fu trasferita. A maggio del 1998, a poco più di un mese dalla maturità, ci trovavamo nel marasma più totale. La vita degli adulti era un mare profondo di menzogne.

21

Mi diplomai con 55 su 60. Buona prova nello scritto di italiano, disastrosa, neanche a dirlo, la prova di matematica, bene agli orali, dove scelsi italiano e inglese. Il professore di inglese, nostro commissario interno e forse unico docente degno di nota in quel gruppo di adulti in balia dei loro istinti, mi fece i complimenti per il modo con cui misi in evidenza i punti di contatto stilistici e formali tra la prosa di Svevo e quella di Joyce. Mera consolazione.

Il giorno dell'uscita dei risultati, con tutti i compagni di classe andammo al mare a festeggiare. C'era anche Roberta, con la quale non avevo parlato per tre anni. Lei aveva capito le ragioni del mio disappunto, aveva provato a riavvicinarsi in più di un'occasione, ma io ero sempre stato freddo e frettoloso. Lei aveva preso 52. Quel giorno al mare venne da me con la sua Corona e l'accostò alla mia Beck's. Mi chiese di fare un brindisi. Ai nostri risultati e al nostro futuro. La guardai negli occhi. Da quanto tempo non lo facevo? Mi batteva forte il cuore. Era sempre più bella. «E comunque l'ho lasciato. Io e Marco non stiamo più assieme.» Continuò a cercare i miei occhi. Il cuore mi batteva sempre più forte. «Mi dispiace» le dissi. Finii la birra con una sorsata, buttai la bottiglia nella sabbia e mi diressi verso l'acqua, sparendo tra le onde.

22

Ad agosto andai col mio compagno di classe Livio e suo padre a Bologna per raccogliere informazioni sull'università e per dare uno sguardo al costo delle stanze in affitto. La possibilità che fosse mio padre ad accompagnarci non venne mai presa in considerazione, né da parte sua né da parte mia. Livio si era appena diplomato in chitarra classica al Conservatorio come privatista e avrebbe voluto iscriversi al Dams. Io decisi di iscrivermi a Lettere. La mia passione per la filosofia era andata progressivamente arenandosi per colpa della professoressa. Non quella per la lettura e per la letteratura.

Mi innamorai di Bologna, della storia della sua università, delle vie piene di ragazze e ragazzi provenienti da tutta l'Italia. L'idea di iscrivermi a Lettere in quella città mi entusiasmava. Trovammo un bilocale che sembrava fare al caso nostro, a poche centinaia di metri dall'università. Costo mensile: quattrocentomila lire a testa. I prezzi per una stanza si aggiravano attorno a questa cifra.

Chiamai mia madre da una cabina telefonica. Le spiegai cosa avevamo fatto in quei due giorni, le descrissi l'atmosfera della città, le dissi che avevo preso tutta la documentazione necessaria per l'iscrizione, aggiunsi che il padre di Livio era gentile e disponibile, e con lui avevamo visto qualche appartamento, uno in particolare ci era molto piaciuto. Mia madre era silenziosa. So che non era favorevole al mio allontanamento da casa, sia perché era convinta che a Bologna potesse accadermi di tutto, sia perché non voleva restare sola con mio padre. Le comunicai la cifra per l'affitto. Sottovoce lo disse a mio padre, che di certo era seduto sulla poltrona. Mio padre bestemmiò, e con un tono di voce più alto del solito replicò che tutti quei soldi non c'erano, che negli ultimi anni aveva già speso tanti soldi per i miei libri di scuola, che avevo troppi grilli per la testa, che avrei dovuto andarmi a cercare un lavoro come i miei fratelli. «Non deve rompere il cazzo, mannaggia la Madonna!» Mia madre lo azzittì e mi disse che ne avremmo parlato al mio ritorno. Non risposi, riagganciai e pensai al fatto che avrei voluto davvero non vederlo mai più.

A ritroso

I miei genitori abbandonarono Limburg nel dicembre del 1972. Mia madre era al settimo mese di gravidanza. Anche il secondogenito sarebbe stato un maschio. Mio padre fu costretto a vendere in fretta e furia gli elettrodomestici per racimolare qualche soldo utile per il ritorno. Era da sei mesi che non pagava più le cambiali dell'Opel GT. Fu costretto a restituirla alla concessionaria.

Le cose non andarono come dovevano. Questo pensava mia madre mentre erano in viaggio in treno. Il denaro che erano riusciti a mettere da parte forse non sarebbe bastato per aprire un'attività tutta loro in Italia. Non solo, era in arrivo un secondo figlio e le spese in casa sarebbero aumentate. Un'altra bocca da sfamare. Mia madre raggiunse la stazione di Brindisi con questi pensieri che le tempestavano la mente e due piedi gonfi a dismisura. Quella sera ce-

narono a casa di parenti, mia madre abbracciò mio fratello, che aveva da poco compiuto sei anni e aveva iniziato la prima elementare. Mio padre bevve per tutta la sera, fumando una sigaretta dopo l'altra. Si stordì. Non avrebbe voluto pensare. Il vino rosso prodotto da uno dei suoi fratelli maggiori era una preziosa àncora di salvezza in quella notte nera. Il peso delle responsabilità gli martellava la mente senza sosta. L'idea dell'imminente futuro non gli dava tregua. Si sentiva come un topo in gabbia. Avrebbe voluto svanire. Evaporare. Non lasciare più traccia di sé.

23

Mi iscrissi a Lettere moderne a Lecce. Presi in affitto un appartamento nei pressi di Porta Rudiae assieme a Livio. Anche lui, per ragioni diverse dalle mie, restò vicino casa, abbandonando i sogni di vita bolognese. Con noi c'era mio cugino Ciro. Loro due si iscrissero a Conservazione dei Beni Musicali. Pure mio cugino suonava da molti anni il pianoforte. Io e lui stavamo in una stanza doppia. Livio in una singola. Pagavo centoventimila lire al mese.

Agli inizi di novembre iniziavano i corsi per le matricole e l'ultimo giorno di ottobre, dopo aver riempito di valigie e scatole il furgone di mio padre e dopo aver abbracciato mia madre, partimmo per Lecce. Per tutto il tragitto restammo in silenzio. Lui guardava la strada, io pensavo al fatto che ogniqualvolta mi accompagnava da qualche parte non diceva nulla, e quando gli facevo una domanda rispondeva sempre a monosillabi.

A cosa pensava mentre guidava? E mentre guardava la televisione? Mentre mangiava? Mentre era in bagno a farsi la barba? Mentre stava a letto prima di addormentarsi? Cosa pensava quando accompagnava i suoi braccianti nei campi? Mentre era al bar a prendere un caffè? Pensava mai ai suoi figli? Al suo figlio maggiore, che aveva due bambini piccoli e che con lo stipendio da barista a malapena riusciva a far quadrare i conti? Pensava mai al secondogenito, che era da pochi mesi tornato da Vicenza perché non sopportava più la gente del Nord e i ritmi del lavoro in fabbrica? E ora cosa avrebbe fatto? Che lavoro sarebbe stato destinato a fare il suo secondo figlio? E di me cosa pensava? Sapeva a quale corso mi ero iscritto? Era contento di avere un figlio che andava all'università? O gli interessava solo del fatto che non gli facevo spendere un mare di soldi tra affitto e libri? A cosa pensava mentre i chilometri si susseguivano fino a Lecce, costeggiando l'Hotel Tiziano e poi procedendo per viale dell'Università, dove poco dopo l'Obelisco apparve l'ateneo sulla sinistra, il posto in cui suo figlio avrebbe trascorso gran parte dei successivi quattro anni, tra lezioni e ore di studio nella biblioteca centrale?

Svoltammo a destra su via Birago e dopo pochi secondi arrivammo in via Trento. Mi diede una mano con valigie e scatole. I miei coinquilini sarebbero arrivati il giorno successivo. Prima di ritornarsene a

Grottaglie venne verso di me e mi allungò una banconota da centomila lire. Io la presi e lo ringraziai. «Ogni tanto chiama tua madre» mi disse. «Non farla stare in pensiero.» Chiuse la porta. Ero solo nella mia nuova casa. Andai in cucina, aprii una bottiglia di vino rosso che avevo portato con me, mi versai un bicchiere e pensai: «È davvero iniziata la mia vita senza di lui». Quel pomeriggio mi scolai tutta la bottiglia, prima di addormentarmi ubriaco e sorridente nel mio nuovo letto.

Parte seconda

GIOVINEZZA

1

La prima cosa che feci durante la mia nuova vita a Lecce fu tagliarmi i capelli. Per tutti gli anni del liceo li avevo lasciati crescere a dismisura. Era giunto il momento di cambiare. Era un gesto semplice, persino banale. Il taglio non fu radicale, ma sufficiente a dare una percezione di me diversa.

La convivenza con i miei coinquilini andava a gonfie vele. Di sera la casa era sempre piena di gente, si mangiava, si beveva, si fumava, si suonava, mentre di giorno frequentavamo le lezioni previste nei nostri piani di studio. La materia che più mi preoccupava per il primo anno era storia medievale. Il professore era un vecchio arnese, colto ma molto pignolo, che oltre a farci studiare un manuale di mille pagine aveva inserito nella sezione monografica alcuni suoi lavori sulla Salerno medievale pieni di citazioni in latino.

Trovavo più interessanti altri corsi, come quello di letterature comparate, durante il quale approfondii il romanzo francese dell'Ottocento, quello di sociologia della letteratura, dove scoprii la bellezza della lettura completa e dello studio analitico dei *Promessi sposi*, e quello di letteratura italiana moderna, grazie al quale mi immersi nel *Morgante* del Pulci. La notizia del conseguimento di una borsa di studio per questioni di reddito mi rasserenò. Sei milioni di lire non erano bazzecole, mi avrebbero consentito di studiare e nel contempo di mantenermi senza dover pesare sull'economia della mia famiglia. Avevo ancora chiaro in mente il tono della voce e le bestemmie di mio padre durante la telefonata che avevo fatto da Bologna. E negli anni a venire le ulteriori borse di studio che sarebbero arrivate sarebbero state per me una manna dal cielo.

Tornavo a casa una volta al mese. Mia madre lavorava sempre di più in pasticceria. Era passata da un orario part-time a un full-time di quaranta ore settimanali. Era il suo modo per non stare mai a casa. La vita di mio padre, invece, non cambiava di una virgola. Lo vedevo sempre più grasso e sempre più stanco, anche se adesso sfoggiava una nuova dentiera che gli faceva una bocca innaturale, con le labbra protese in avanti e dei ridicoli dentoni da cavallo. I miei due fratelli avevano preso in gestione un bar. I loro ritmi di lavoro erano estenuanti, ma sembravano contenti.

Nel maggio del 1999 iniziai a dare i primi esami. I risultati furono soddisfacenti. Conobbi una ragazza di Lecce che frequentava Filosofia con la quale per un breve periodo ci vedemmo solo per fare sesso. Era fidanzata con un ragazzo molto più grande di lei che gestiva un negozio di abbigliamento in centro. Una sera venne a prendermi con l'auto di lui e ci appartammo in una stradina buia. Scopammo in fretta perché alle nove doveva andare a prenderlo al lavoro. Una volta a casa, mi accorsi di non avere il portafoglio con me. La chiamai ma aveva il telefono spento. Immaginai il suo ragazzo che prendeva il mio portafoglio, lo apriva, e dava uno sguardo alla mia carta d'identità. Immaginai lei che dopo un lungo interrogatorio decideva di confessargli tutto. Per fortuna più tardi mi mandò un SMS con cui mi disse che aveva recuperato il portafoglio. Me lo riconsegnò e non ci sentimmo più.

Negli stessi mesi mantenni una corrispondenza con Roberta, che era a Milano a studiare Economia. Era triste, perché non le piacevano né la città né il corso di laurea. Diceva che la gente che frequentava era snob e non aveva trovato nessuno come me con cui poter parlare di letteratura e di filosofia. Io facevo il sostenuto e cercavo di mantenere una certa freddezza. Non volevo ricascarci, non volevo soffrire nuovamente per lei.

Ad agosto tornai qualche settimana a casa. Mia madre era sempre al lavoro. Trascorsi molti pomeriggi condividendo lo stesso spazio con mio padre. Per lui era come se non esistessi. Mi sentivo solo. Aspettai con ansia l'arrivo di settembre.

2

All'inizio del secondo anno di università abbandonai la stanza in affitto in via Trento per trasferirmi nella Casa dello Studente in via Adriatica. Lì, nella stanza 219, restai per i tre anni successivi, fino alla laurea. Livio ritornò dai suoi, perché aveva ottenuto una supplenza per insegnare musica in una scuola media di Taranto. Ciro si trasferì dalla sua ragazza. Continuai a frequentare mio cugino, e grazie a lui conobbi anche Paolo e Vito, che vivevano in un appartamento su viale Ariosto. Paolo studiava Lettere moderne come me, mentre Vito Giurisprudenza. I capelli lunghi e biondi e i jeans strappati gli davano un aspetto che mal si accordava con l'immagine del tipico studente leccese di Giurisprudenza. Noi quattro diventammo inseparabili. Passavamo le serate a bere birra nei bar del centro, a guardare *Fuori orario* su Rai 3, a parlare di libri, a suonare e a fare progetti di poesia, cinema e teatro, ma soprattutto a immaginare viaggi, viaggi e ancora viaggi. Eravamo frenetici e inquieti. Ciascuno alimentava l'immaginazione dell'altro. A vent'anni tutto ci sembrava possibile. Mai prima di allora mi ero sentito così vivo.

3

Quell'anno seguii anche teoria della letteratura. Le lezioni si svolgevano nel tardo pomeriggio in un'aula nei sotterranei dell'ateneo, ed erano frequentate da un numero esiguo di studenti. I temi che si affrontavano erano ostici e i testi da studiare erano strumenti che ogni studioso di letteratura che si rispetti sa maneggiare: da *Estetica e romanzo* di Bachtin a *Storia e discorso* di Chatman, dal *Piacere del testo* di Barthes a *Figure III* di Genette. Il professore era di origini calabresi, e di lui nei corridoi si diceva un gran bene. Spiegava con passione e chiarezza, alternava riferimenti a questioni teoriche con esempi tratti dai grandi romanzi del Novecento. In quei mesi lessi per la prima volta *Gli indifferenti* di Moravia, *La nausea* di Sartre e *Lo straniero* di Camus. Se frequentavo gli altri corsi per senso del dovere, essere presente alle sue lezioni aveva a che fare con la ricerca affannosa del mio posto nel mondo. La fragilità di Carla e Michele, i dolori di Roquentin e il malessere di Meursault non incrinavano per nulla il mio indomabile vitalismo.

4

A Grottaglie, nel frattempo, il rapporto lavorativo tra i miei fratelli andò in frantumi. La gestione condivisa del bar culminò con un litigio furibondo. Il banco saltò e il mio secondo fratello lasciò l'attività, trovandosi nuovamente senza lavoro.

Lo scontro tra i due non si risolse nel breve periodo. Decisero di ignorarsi e di non parlarsi più. Mia madre soffriva terribilmente per lo stato delle cose. La domenica era costretta ad alternare gli inviti a pranzo. Io mi trovavo nel mezzo. Quando ritornai a casa per qualche giorno dall'università, andai a trovare prima l'uno, poi l'altro. Provai a capire se ci fossero dei margini di riconciliazione ma sentii forte la rabbia da parte di entrambi.

L'idea che i due non tornassero a parlarsi mi faceva stare male. Mio padre, anche in quel caso, reagì con indifferenza. Per lui era una questione che riguardava solo loro. Ogni volta che mia madre raccontava l'accaduto alle sorelle, sentivo mio padre borbottare e bestemmiare. Passavano gli anni ma lui non cambiava mai. La sua idea di vita – lavorare, mangiare, dormire, cacare – non doveva essere in alcun modo turbata.

Pensai ai miei genitori che dormivano in camere separate, al litigio dei miei fratelli, ed ero sempre più convinto che non volevo più nulla di tutto questo e che la mia salvezza sarebbe passata per altre strade, forse più tortuose, ma lontane da lì.

A ritroso

I miei genitori lavorarono nella fabbrica di tappi di Limburg per tre anni. Affittarono una piccola casa in un comprensorio di periferia, una zona popolata da altri immigrati come loro. Mia madre soffriva la distanza da suo figlio. Se avesse potuto tornare indietro, non avrebbe mai accolto l'idea del trasferimento. In più, era stanca delle continue angherie e sopraffazioni subite dai tedeschi. Il giorno successivo al 4-3 tra Italia e Germania nella semifinale dei Mondiali di calcio messicani del 1970, entrarono in fabbrica con gli altri operai italiani e vennero travolti dagli insulti.

Mio padre lavorava, mangiava, beveva e dormiva. La sua vita si incardinava attorno a quegli atti reiterati. Ingrassò a vista d'occhio. L'alcol e la cucina tedesca lo fecero lievitare. Anche l'infelicità di mia madre si tradusse nella rapida deformazione del suo cor-

po. L'esile figura che solo pochi anni prima aveva attratto quello che sarebbe diventato il suo futuro marito lasciò spazio ai buchi della cellulite.

Mio padre era infelice? La bolla di silenzio nella quale era immerso non consentiva a chi gli stava vicino di definire i suoi stati d'animo. Una cosa, però, era visibile a tutti: non si faceva mancare nulla. Arricchì la piccola casa tedesca con elettrodomestici di ultima generazione: televisione, lavatrice, frigorifero. Spese tutti i risparmi del primo anno di lavoro. Sentì forte il desiderio di lasciarsi alle spalle la povertà patita per anni, le mele divise per sei, la carne solo la domenica, le scarpe bucate che nelle giornate di pioggia inzuppavano i calzini di lana, i Natali senza regali. Nell'autunno del 1971 decise che era giunto il momento di abbandonare la Fiat 128 che aveva comprato usata per poche migliaia di lire. Acquistò un'Opel GT 1900 rosso fiammante firmando un numero spropositato di cambiali. Una volta presa l'auto al concessionario, andò in fabbrica per il suo turno di lavoro e la mostrò orgoglioso ai colleghi. Quella notte mia madre dormì sul divano, piangendo fino all'alba.

5

A marzo del 2001, durante il terzo anno universitario, diedi l'esame di letteratura italiana, tra i più difficili dell'intero corso di laurea. Dopo le vacanze di Natale mi ero chiuso nella mia stanza della Casa dello Studente, uscendo solo per andare in mensa. Mi concedevo una sera alla settimana, di solito il sabato, per uscire con gli amici e andare a bere qualche birra in centro. Il giorno dell'appello mi diressi all'esame con una valigia che conteneva tutti i libri su cui avevo studiato: cinque manuali di letteratura italiana, i tre volumi della *Divina commedia*, più i libri del corso monografico, ossia una copia delle *Operette morali* e un saggio sul Leopardi prosatore scritto dal professore del corso.

I due mesi di reclusione diedero gli esiti sperati, portai a casa un 30 e lode, ma una volta tornato nella mia stanza, invece di festeggiare, pensai subito a come organizzare la prossima sessione di esami. Sentivo forte il desiderio di laurearmi prima possibile e di chiudere quella parentesi. Volevo che la letteratura fosse la mia compagna di vita, tuttavia volevo studiare ciò che sceglievo io, e non ciò che mi veniva imposto. Avevo soprattutto bisogno di costruire qualcosa di mio che potesse segnare l'inizio della vita adulta.

All'interno del mondo accademico salentino nutrivo una stima profonda solo per il professore di teoria della letteratura. Gli altri mi sembravano semplici impiegati. Trattavano la letteratura con freddezza e meccanicità. Scoprii inoltre che in gioventù il professore era stato un ottimo poeta sperimentale, aveva pubblicato dei volumi di versi con alcuni editori locali e agli inizi degli anni Ottanta era considerato tra le grandi promesse della poesia meridionale. Trovai le sue raccolte nella biblioteca universitaria. La sua era una poesia folle e visionaria, piena di una grande musicalità interna, per la quale sentivo una forte affinità.

In quei mesi seguii il suo corso per il secondo anno. A luglio sostenni con lui il nuovo esame e gli chiesi se poteva diventare il relatore della mia tesi di laurea. Accettò con entusiasmo, senza sapere quanto il suo entusiasmo fosse nulla rispetto al mio. Quel giorno mi ubriacai con i miei amici Paolo e Vito. La sera, nella mia stanza, scrivemmo delle poesie sulla

Olivetti Lettera 22 che mi aveva regalato mia madre per il compleanno. Fu così che decidemmo di fondare una rivista di poesia. L'avremmo chiamata «Ariosto 219». Ariosto, come la via in cui vivevano Paolo e Vito, 219 come il numero della mia stanza nello studentato.

6

A dicembre, quando nelle biblioteche universitarie distribuimmo gratuitamente il primo numero della rivista, a Lecce nevicava. Ne avevamo stampate trecento copie e conteneva solo le nostre poesie più alcune illustrazioni di Annalisa, una ragazza che studiava Conservazione dei Beni Culturali e che avevamo conosciuto nelle aule studio dell'ex monastero degli Olivetani.

Da un punto di vista grafico era una rivista minimale, le poesie erano scritte di getto durante le nostre notti alcoliche. Era un prodotto ancora acerbo, eppure distribuirlo, con la neve che cadeva copiosa sulla città, spiando la reazione degli altri studenti e bussando alle stanze degli insegnanti per lasciare loro una copia sulle scrivanie, ci emozionava.

Nei mesi seguenti preparai gli ultimi esami e lavorai ai nuovi numeri della rivista. La arricchimmo con i contributi di giovani scrittori e la presentammo durante dei reading che organizzammo al Caffè Letterario e alla libreria Icaro, che presto divennero i nostri sponsor, coprendo in parte i costi di stampa. Lentamente attorno a noi creammo una comunità. Erano molti i ragazzi che desideravano scrivere, e la nostra piccola rivista fu il luogo che li accolse. Anche i poeti del territorio che appartenevano alle generazioni precedenti ci leggevano e ci ascoltavano con curiosità. Uscì un articolo sulle pagine locali dell'«Unità» che ci definiva come «i nuovi scapigliati». In effetti, con Tarchetti, Dossi e Praga avevamo in comune non solo i capelli, ma anche un radicato senso di ribellione.

7

Negli anni universitari smisi di tagliarmi la barba. Se durante il liceo il mio rapporto con la schiuma e il rasoio si era progressivamente allentato, una volta andato a vivere da solo abbandonai completamente l'abitudine di radermi. Mi capitava di tanto in tanto di sfoltirla, soprattutto per liberarmi della presenza di peli troppo lunghi nella zona delle labbra.

Quando trascorrevo qualche giorno a casa dei miei genitori, la barba diventava argomento di discussione, soprattutto con mio padre. Nonostante la nostra comunicazione latitasse, come un mantra giungeva puntuale la sua esortazione: «Tagliati la barba». A volte facevo finta di non ascoltare, altre replicavo piccato. Diceva che sembravo sporco e disordinato, e che la barba andrebbe sistemata ogni mattina, come faceva lui. Credo che la questione avesse a che fare con qualcosa che gli era stato tramandato: radersi significava presentarsi al mondo con decoro, soprattutto nel fine settimana, quando, liberi dai faticosi impegni lavorativi, si attraversava il paese impeccabili, con a fianco moglie e prole. Ma la sua richiesta aveva l'unico effetto di spingermi a dilatare nel tempo i momenti in cui mi dedicavo a sfoltire la barba. Un figlio barbone e vegetariano, questo era ciò che si meritava, pensavo. Nel mio cuore speravo che sentisse almeno un pizzico della vergogna che provavo io per lui.

8

Se già prima non vedevo l'ora di laurearmi e di concludere il capitolo universitario, la mia smania era cresciuta ancora di più dopo l'esperienza di «Ariosto 219». Sognavo di dare maggiore solidità alla rivista, non solo in termini di contenuti, ma anche dal punto di vista economico.

Agli inizi di giugno del 2002 sostenni il mio ultimo esame in storia dell'arte contemporanea. Il caldo in quei giorni era asfissiante. La professoressa mi fece vedere un'immagine che raffigurava un igloo costruito con materiali insoliti: fascine di legno, neon, vetro e creta. Mi chiese il nome dell'artista, il titolo dell'opera, l'anno di realizzazione e il significato. La sera prima avevo ripassato il fascicolo di Angela Vettese sui movimenti artistici degli ultimi decenni. Ricordavo di essermi soffermato sulla stranezza di quell'opera. Tirai un sospiro di sollievo. «È Mario

Merz,» dissi «dovrebbe essere un'opera del 1983 dal titolo *Chiaro Oscuro*. L'igloo nasce dai contrasti, chiaro-scuro, dentro-fuori, leggero-pesante. I contrasti raffigurano le contraddizioni dell'uomo.» Stop. La professoressa, soddisfatta, mi fermò. Ultimo 30 sul libretto. Esami terminati. Fuori mi aspettavano gli amici con una bottiglia di spumante. Brindammo. Chiamai mia madre al lavoro, aveva poco tempo da dedicarmi, ma sentii che era commossa.

Dopo un paio di giri di Campari Gin al Caffè Palmieri, mi recai in fretta dal professore di teoria della letteratura per discutere del primo capitolo della tesi di laurea. Gli avevo chiesto di lavorare sugli scrittori della *beat generation*. Ci accordammo per iniziare dalla prosa di Jack Kerouac. Lui sembrava soddisfatto. Ragionammo sul resto della tesi, dei capitoli in cui mi sarei occupato di William Burroughs, Allen Ginsberg e Gregory Corso. Mi sentivo ubriaco, provai a concentrarmi sulle sue parole e ad articolare le mie senza biascicare. Avevo scelto quell'argomento perché conoscevo già bene quegli autori, in questo modo avrei velocizzato i tempi della scrittura. Volevo finire il più in fretta possibile, sebbene non avessi ancora nessun piano per il futuro.

9

Erano i miei ultimi mesi nella Casa dello Studente. Avevo deciso di laurearmi durante la sessione di novembre, tre mesi prima della naturale scadenza del mio quarto anno di studi. Dopo avrei dovuto lasciare la stanza e cercarmi una sistemazione altrove. Nei mesi estivi mi dedicai alla scrittura della tesi. Passavo gran parte delle giornate sui computer della sala studio dello studentato. La sera incontravo Paolo e Vito per ragionare sul prossimo numero della rivista. Loro erano un po' indietro con gli esami e ne avrebbero avuto per un altro paio d'anni, io ero in dirittura d'arrivo e una volta terminato non sapevo come sarebbero cambiati i rapporti tra di noi.

Durante tutte quelle ore in sala studio feci amicizia con la responsabile. Era una donna molto più grande di me di nome Alice, era di Lecce e viveva a pochi metri da via Adriatica. Le diedi i vecchi numeri della rivista. Non era molto interessata alla poesia, ma era incuriosita dal fatto che ci fosse un poeta tra gli studenti. A lei piaceva Nick Hornby, ascoltava i Radiohead, gli Smiths, i Cure e i Divine Comedy. Aveva vissuto alcuni anni a Londra, ma poi era tornata perché stanca di lavare piatti e mangiare di merda. Spesso Paolo e Vito venivano a trovarmi, così anche loro ebbero modo di conoscere Alice.

Una sera, ubriachi, andammo a citofonare a casa sua. Dopo alcuni secondi di silenzio, lei rispose e ci fece entrare. Ascoltammo un po' di musica, poi ci addormentammo sui divani. In piena notte, Alice mi svegliò e mi invitò nella sua stanza. Iniziò a masturbarmi delicatamente, e poi, dopo alcuni minuti, mi chiese di venirle in bocca. La mattina fui svegliato dal suono del mio cellulare. Era mio fratello maggiore, mi disse che mio padre era stato ricoverato a Martina Franca perché la notte non riusciva più a respirare. Presi in fretta le mie cose e salutai Alice. Mentre uscivo mi accorsi che Paolo e Vito erano già andati via.

10

Ad agosto trascorsi, come di consueto, alcune settimane a casa. Mio padre era uscito dall'ospedale. Da qualche giorno era tornato al lavoro. Disse a mia madre che questa volta aveva deciso davvero di smettere di fumare. Disse di aver capito che se aveva a cuore la propria vita doveva stare lontano dal fumo. Aveva rischiato di lasciarci le penne e ne era consapevole.

Le sue giornate proseguirono nel solito modo. Il lavoro nei campi lo estenuava. Iniziava ad avere quasi sessant'anni. La signora invecchiava e si faceva sempre più dispotica e arcigna. Non riusciva più a guidare e lo chiamava per essere accompagnata ogniqualvolta aveva una commissione da sbrigare. Mia madre aveva smesso di ricordargli quanto fosse un coglione nel farsi trattare come uno schiavo, che doveva farsi pagare di più, che non poteva stare al suo servizio giorno e notte, che in casa non faceva nulla per la sua famiglia... ammesso che la nostra fosse ancora una famiglia.

A ritroso

Durante il primo anno di matrimonio, mia madre si trasferì a casa dei suoceri, occupandosi delle faccende domestiche e aspettando che mio padre tornasse periodicamente da Monza, dove nel frattempo stava svolgendo il servizio di leva. Nell'ottobre del 1966 nacque il mio primo fratello, poi mio padre, assolti gli obblighi militari, tornò a Villa Castelli e ricominciò a lavorare nei campi come bracciante. Alla fine del 1969 decise di seguire uno dei suoi fratelli in Germania per lavorare in fabbrica. Il lavoro continuava a essere sfiancante e con la famiglia in crescita lo stipendio sembrava non bastare mai. La Germania era una grande possibilità. I miei genitori avrebbero potuto lavorare qualche anno, mettere da parte il denaro, tornare in Puglia e aprire un'attività tutta loro. È così che mia madre si lasciò convincere a partire. Non solo, dovendo lavorare anche lei per raci-

molare quanti più soldi possibile, cedette anche all'idea di lasciare mio fratello da sua madre. Per quattro anni avrebbe visto il primogenito solo in fotografia e durante l'estate. Per anni mio fratello chiamò la nostra nonna «mamma».

11

Il 5 novembre del 2002 discussi la tesi di laurea. Erano presenti i miei più cari amici, i miei genitori e alcune sorelle di mia madre. Il presidente di commissione era l'ordinario di letteratura italiana contemporanea, tra i fondatori dell'Università di Lecce. Il correlatore insegnava storia dei generi letterari. Era stato da poco nominato professore associato, ma si mormorava già che stesse guadagnando sempre più potere all'interno del dipartimento. Il mio relatore, il professore di teoria della letteratura, introdusse l'argomento, poi mi fece qualche domanda. Mentre rispondevo, tenendo a bada il nervosismo, sentii che il presidente di commissione si rivolgeva al mio relatore chiedendogli: «Ma chi è questo Ginsberg?». Il correlatore fece qualche appunto sul mio lavoro, mettendo in luce il fatto che occuparmi di quattro autori significava non riuscire ad approfondirne nessuno.

Nonostante questo, la discussione si concluse nel migliore dei modi: 110 e lode, lacrime di gioia di mia madre, baci smodati dalle zie, pacche e abbracci dagli amici. Mio padre mi diede cento euro per offrire da bere a tutti. Invitai al bar anche il mio professore, che dopo essersi congratulato coi miei genitori mi chiamò in disparte dicendomi che qualora avessi avuto intenzione di continuare a studiare sarei potuto passare dal suo studio nei giorni seguenti. La cosa mi diede un'iniezione di fiducia, benché non avessi idea di cosa sarebbe accaduto a partire dal giorno successivo.

12

Dopo la sbornia dei festeggiamenti ripiombai nella realtà. Il giorno seguente alla laurea andai a svuotare la mia camera nella Casa dello Studente. Stipai l'automobile di Paolo all'inverosimile. Salutai Alice, che dopo quella notte a casa sua a stento mi rivolgeva la parola. Presi in affitto una stanza in un appartamento condiviso con altri studenti e lavoratori.

Paolo e Vito trascorrevano le loro giornate tra lezioni e studio, io li rincorrevo provando a ragionare su come far crescere la nostra rivista. Attraversavo la città alla ricerca di nuovi sponsor, leggevo i testi che ci arrivavano via e-mail, creai un blog per essere visibili anche fuori del nostro territorio, trovai nuovi spazi in cui presentare i prossimi numeri.

Poi incontrai il mio professore, il quale mi disse che da lì a qualche mese sarebbe uscito il bando per il dottorato in Italianistica, e pur essendo complicato riuscire a entrare tra i vincitori di borsa, vista la spietata concorrenza, mi consigliava di provarci poiché credeva nelle mie capacità e qualora fosse stato in commissione avrebbe di certo speso qualche buona parola sul mio conto.

Nel contempo c'era un progetto interuniversitario che oltre all'Università di Lecce vedeva coinvolte le università di Catania e di Siena. Si chiamava *I lettori di libri in Italia*, e se fossi stato interessato avrei potuto somministrare cinquemila questionari sulle abitudini di lettura tra gli studenti delle scuole medie e superiori del Salento ed elaborarne i dati. Era una collaborazione poco remunerativa, ma accettai. In attesa che uscisse il bando per il dottorato, pensai che potesse essere utile lavorare con il professore. Mi sentivo stimato da lui, e persino capito. In più, mi trovavo con le pezze al culo, e non sapevo cos'altro fare.

13

Per Jacques Lacan il padre è la figura della legge, colui che pone un limite ai desideri del figlio, stabilendo in modo incontrovertibile ciò che è lecito e ciò che non lo è. Il figlio apprende che non tutto è concesso, che esistono dei principi ordinatori che consentono ai desideri di esistere. Non solo. Lacan rincara la dose, affermando che la figura divina altro non è che un'assolutizzazione della figura paterna. Dal padre singolo si passa a quello universale, che stabilisce i limiti di legge, non dell'individuo, ma della comunità intera.

Ma cosa succede se si ha un padre che non è espressione di questa funzione normativa? Che non si pone come figura della legge? Che non ha mai stabilito in famiglia cos'è giusto fare e cosa no? Mio padre non mi aveva mai detto di lavarmi le mani prima di sedermi a tavola, né di lavarmi i denti tre volte al giorno, non mi aveva mai detto di coprirmi la bocca prima di starnutire, non mi aveva mai detto di non ruttare in faccia alla gente, non mi aveva mai detto di dire buongiorno e arrivederci quando si incontra e si saluta un adulto, non mi aveva mai detto di non picchiare i miei compagni e di risolvere le controversie con il dialogo, non mi aveva spiegato come sarebbe stato giusto comportarsi con le ragazze durante un primo appuntamento.

Se la parola del padre cade dall'alto e si fa legge, la parola di mio padre era assente e ampliava il mio vuoto. Il mio percorso identitario passava da questa negazione del suo ruolo. Il caos e l'inquietudine che sentivo nei primi mesi da laureato nasceva da questa sua assenza? È per questo che mi aggrappavo ai pantaloni del mio professore? È da lui che cercavo la legge?

14

«Ariosto 219» franò agli inizi del 2003. E fu per colpa mia. Chiesi a Paolo e Vito ciò che non potevano darmi: tempo, tempo e ancora tempo. Loro erano ancora studenti, avevano molti esami da preparare, alcuni fondamentali; avevano bisogno di chiudersi in una stanza e studiare, presentarsi agli appelli e riempire il loro libretto di voti. Io invece dall'esperienza della rivista cercavo altro, cercavo la possibilità di esprimermi, avevo bisogno di sentirmi vivo, avevo bisogno di costruire qualcosa che fosse frutto del mio lavoro, avevo bisogno di relazionarmi con gli altri, di uscire dal guscio e aprirmi al mondo.

Fu per questo che un giorno andai a trovarli a casa e gli dissi che per me l'esperienza di «Ariosto 219» poteva dirsi conclusa. Mandai a puttane tutto, perché mi sembrava di impazzire. Sentivo di non poter aspettare. Uscii dalla loro casa senza sapere cosa sarebbe stato della nostra amicizia. Poi incontrai Annalisa, l'illustratrice, le chiesi se avesse voluto continuare la collaborazione con me, avevo in mente di lavorare su un nuovo progetto editoriale, qualcosa che avesse un respiro meno provinciale. Lei disse che ci avrebbe pensato; mi chiese di Paolo e Vito, le risposi che avevamo litigato, ma speravo che si potesse ricucire quanto prima.

Dopo una notte insonne sentivo di aver trovato un buon nome per la nuova rivista. Si sarebbe chiamata «Vertigine». Internet iniziava a popolarsi di blog letterari, alcuni erano collettivi, altri personali, la loro funzione si andava ad affiancare a quella storica delle riviste letterarie. Decisi di aprire un blog in cui pubblicare testi poetici, narrativi e critici di giovani scrittori e di scrittori già affermati, per poi periodicamente pubblicare un numero cartaceo e tematico della rivista. Perché «Vertigine»? Il termine viene dal latino *vertiginem*, accusativo di *vertigo*, da *vertere* (girare, volgere). Sentivo che avrei dovuto girare pagina, volgermi al nuovo, lasciarmi trascinare da questo capogiro che non mi abbandonava.

15

Furono mesi ricchi di incontri importanti. Nella prima metà del 2003 conobbi Mauro del Fondo Verri, una piccola associazione culturale che si trovava a pochi metri da Porta Rudiae. Il nome dell'associazione derivava da uno scrittore di Caprarica di Lecce, Antonio Verri, morto nel 1993 a causa di un incidente stradale, il quale dalla fine degli anni Settanta era stato un punto di riferimento per il mondo letterario salentino. Mauro era il depositario della memoria di Verri, e nella sua associazione erano raccolte molte pubblicazioni che potevo leggere e consultare. Mauro era anche un sensibile organizzatore di eventi e consentiva a giovani scrittori, pittori e attori teatrali di esprimersi. Era sulla cinquantina e aveva trascorso molti anni a Urbino, dove aveva studiato Sociologia. Negli anni Ottanta aveva partecipato agli spettacoli del Teatro Valdoca, prima come attore, poi come tecnico. Aveva vissuto il periodo della giovinezza sposandone il lato più creativo, anticonformista e autodistruttivo, ma ne era uscito vivo, e agli inizi degli anni Novanta era tornato a Lecce, dove, dopo le più disparate esperienze lavorative, aveva dato vita al Fondo Verri. Lo trovai fin da subito un'anima affine. E in poco tempo quell'associazione diventò la mia seconda casa.

Mauro mi fece conoscere Teo, caporedattore delle pagine culturali del «Nuovo Quotidiano di Puglia», con l'idea di farmi collaborare col giornale. Teo mi mise alla prova e mi disse di portargli un articolo. Scrissi un pezzo per ricordare la figura di Antonio Verri a dieci anni dalla scomparsa. A Teo piacque e a partire da quel momento iniziò la mia collaborazione col giornale. Mi occupavo principalmente di intervistare scrittori contemporanei e di fare recensioni.

Poi ci fu l'incontro con Monica, amica e coinquilina di Annalisa, due anni più grande di me, che frequentava anche lei Conservazione dei Beni Culturali. Era piccola di statura, esile, con un caschetto nero asimmetrico e un taglio d'occhi all'orientale. Ci conoscemmo a casa loro durante una cena organizzata per discutere della grafica del primo numero di «Vertigine». Annalisa, pur delusa per come erano andate le cose con Paolo e Vito, alla fine decise di essere della squadra. Per gran parte del tempo parlai con

Monica di letteratura, arte e musica, e in pochi giorni quella condivisione di gusti si trasformò in qualcosa di più solido. Dopo qualche mese lasciai la stanza in affitto in cui stavo e mi trasferii a casa loro, in via Toma, a pochi passi dal centro. L'appartamento era grande: aveva quattro camere da letto, un'ampia cucina, due bagni e una stanza per gli ospiti. E oltre ad Annalisa, Monica e me, ci vivevano quattro ragazze, tutte iscritte a Conservazione dei Beni Culturali. In poco tempo le ragazze di via Toma divennero la mia famiglia, e Monica l'approdo sicuro nel caos costante che alimentava i miei giorni.

16

Spesso in letteratura capita di imbattersi nella figura di padri cattivi, che rappresentano l'incarnazione del male, dominati dalla violenza che perpetrano nei confronti dei figli, definendone i loro destini.

Nel *Buio fuori* di Cormac McCarthy il protagonista, Culla, mette incinta la sorella, e quando il figlio viene al mondo lo porta nel bosco e lo lascia morire. Mente alla sorella, dicendo che il bambino è morto di cause naturali, poi va via dalla città. Incesto. Infanticidio. Menzogna. Abbandono. In quest'uomo tutto è disturbante, repulsivo, inaccettabile.

Nell'*Ibisco viola* di Chimamanda Ngozi Adichie, il cattivo è Eugene Achike, uomo d'affari di primo piano e assai rispettato che però all'interno del suo nucleo familiare si mostra prepotente e dispotico. Non solo, alla prepotenza aggiunge l'abuso terribile e costante dei propri figli. La comunità lo osanna. La famiglia lo deplora e non riesce a liberarsi di lui.

In *Stanza, letto, armadio, specchio* di Emma Donoghue, Nick violenta una donna, che dà al mondo un bambino di nome Jack, poi segrega la madre e il figlio in una stanza senza finestre per cinque lunghi anni. Per Jack quella stanza è l'unica porzione di mondo che conosce, e a fargli questo dono è proprio l'orrendo e disgustoso figuro che è suo padre.

Questi personaggi sono uomini che compiono azioni mostruose, agiscono con violenza e orrore demolendo le esistenze dei propri figli. Nella mia storia il padre non è cattivo, non picchia i figli e non dà vita ad azioni riprovevoli nei loro confronti. È un padre silenzioso, assente, disinteressato, immobile. È l'esatto contrario di Culla, di Eugene e di Nick. Eppure, il vuoto d'azioni che lo domina non è privo di conseguenze.

Avevo studiato una vita intera con l'idea di allontanarmi da lui, di costruire un altro mondo rispetto allo spazio primigenio, in cui non mi sentivo accolto. Eppure ora, a ventiquattro anni, alcuni mesi dopo aver preso la laurea, arrabattandomi tra lavoretti e collaborazioni, il vitalismo di pochi mesi prima si stava incrinando. Ero un naufrago in balia del mare in tempesta e cercavo terra ovunque, cercavo una mano amica che potesse salvarmi. Ancora non sapevo che la salvezza non era poi troppo lontana da me.

17

Nel luglio del 2003 era prevista la prova scritta del dottorato in Italianistica. Qualche settimana prima dell'esame raggiunsi lo studio del mio professore per presentargli i primi risultati del progetto *I lettori di libri in Italia*. Entro dicembre avrei dovuto concludere le attività di somministrazione dei questionari e di sintesi dei dati, ma periodicamente discutevo con lui l'avanzare dei lavori. Approfittai dell'incontro per chiedere consiglio su quali argomenti prepararmi in vista dell'esame. Lui quell'anno non era in commissione, e la cosa non andava a mio vantaggio. In più, il presidente della commissione era il professore di storia dei generi letterari. Il correlatore della mia tesi. Mi fece capire che non c'era trippa per gatti, che tutti i posti con borsa erano stati cooptati dai suoi studenti, che però, considerando le mie qualità, avrei potuto comunque provarci. Magari sarei riuscito a ottenere un posto senza borsa. Poi aggiunse che all'interno dell'università il suo potere era pressoché nullo.

Grazie al cazzo, pensai. Cosa me ne facevo di un posto senza borsa? Guadagnavo poche centinaia di euro al mese con gli articoli del giornale e il progetto universitario. Con la rivista «Vertigine» riuscivo a racimolare a malapena i soldi per coprire i costi di stampa e stavo esaurendo anche quelli che avevo sul mio conto. Trascorrevo giornate intere a studiare con la convinzione di poter passare lo scritto e giocarmela all'orale.

A luglio svolsi l'esame. I risultati uscirono dopo una settimana. I posti con borsa erano cinque. Due quelli senza borsa. Passavano la prova scritta i primi dodici. Io arrivai quattordicesimo. La Caporetto delle mie illusioni.

18

Trascorsi l'estate del 2003 a promuovere i primi due numeri di «Vertigine», a scrivere articoli per il giornale, a organizzare presentazioni al Fondo Verri, a ultimare la scrittura del mio primo libro di poesie. La delusione per la prova di dottorato andata male era ancora tanta, ma non volevo darmi per vinto. Il mio professore disse che in queste cose bisogna avere pazienza. Il grande problema, però, era che io non avevo pazienza.

Era un periodo in cui avevo più spazio sul giornale, molti dei redattori erano in ferie. Teo aveva fiducia in me, gli piaceva tanto come scrivevo quanto gli argomenti che gli proponevo. Grazie al mio blog e alla rivista ero in contatto con tanti giovani scrittori italiani. C'era una nuova attenzione per la scrittura giovanile grazie alla presenza di riviste online e cartacee, ma anche grazie all'apertura di collane di narrativa italiana interessate a sapere come i ventenni e i trentenni raccontavano il Paese agli albori del nuovo millennio. Sul giornale, attraverso i miei articoli, provavo a dare un resoconto di questa realtà. Teo mi suggerì di continuare a lavorare in quel modo, così facendo al giornale si sarebbero aperti ulteriori spazi per me. Ero sulla buona strada. «Bisogna aver pazienza» mi disse. Ma io non avevo per nulla pazienza.

Mauro chiedeva sempre più spesso la mia collaborazione per le attività culturali del Fondo Verri. Inoltre, curava una collana di poesie chiamata «Poet Bar» per una casa editrice pugliese, e dopo aver letto la mia prima raccolta di versi mi comunicò che sarebbe stato lieto di pubblicarmi. Il Fondo Verri non aveva molti soldi da gestire, però Mauro aveva partecipato a un bando per la realizzazione di eventi nel territorio. La sua idea era quella di allestire un grande festival letterario a Lecce. Avrebbe voluto che facessi parte del comitato organizzativo. «In queste cose bisogna avere pazienza» mi disse. Ma io non avevo per nulla pazienza.

19

Agli inizi del 2004 il mio secondo fratello si sposò. Dopo aver abbandonato il lavoro al bar che gestiva insieme all'altro fratello, aveva deciso di porre fine alla sua vita da cameriere e banconista. Si era rimboccato le maniche, aveva preso tutte le patenti di guida possibili e mandato il curriculum a tutte le aziende del territorio. Da un anno lavorava presso una cementeria di Taranto. Posto fisso. Stipendio fisso. Momento perfetto per convolare a nozze con la sua fidanzata storica.

Mio fratello mi chiese di essere il suo testimone di nozze. L'altra testimone sarebbe stata la sorella gemella della sposa. Il giorno del matrimonio, con me venne anche Monica. La nostra storia proseguiva tra alti e bassi, io troppo concentrato a dare un senso alla mia vita, lei troppo poco concentrata a preparare i suoi esami, già fuori corso e con un'altra dozzina di materie da dare. Dopo il rito in chiesa a Grottaglie, ci spostammo in un ristorante della provincia di Brindisi. C'erano oltre duecento invitati, tra i parenti dello sposo e della sposa. Nonostante i rapporti tra i miei fratelli fossero ancora gelidi, al matrimonio c'era anche il mio primo fratello con la sua famiglia al completo. L'apparenza prima di tutto.

Durante il pranzo sedetti al tavolo insieme a Monica, il mio primo fratello, sua moglie e i suoi figli, e i miei genitori. Mia madre indossava un abito blu pieno di paillettes, con capelli ipercotonati anni Ottanta, mio padre un completo grigio, camicia bianca e cravatta rossa. Entrambi eleganti, come poche volte mi era capitato di vederli nella mia vita.

Quel giorno mi sentivo terribilmente a disagio. Essendo il testimone dello sposo ero al centro dell'attenzione, mentre avrei voluto essere solo una comparsa. Monica era con me, ma sapevo che la nostra storia non poteva funzionare. Avrei voluto che non fosse venuta a recitare la parte della fidanzata felice. Mio padre, sospinto dai fumi dell'alcol, faceva il simpatico con i suoi parenti, e nelle pause tra una portata e l'altra andava a ballare i lenti con le sorelle, mentre mia madre era a tavola a convincere i suoi nipoti a mangiare qualcosa. Quando una delle mie cugine mi chiese «Allora, tu quando ti sposi?», mio padre intervenne dicendo: «Ma lui non si sposerà mai».

20

In quel periodo venne pubblicato il mio primo libro di poesie con il titolo di *Corpo poetico irrisolto*. Era un libretto smilzo, una quarantina di pagine di versi scritti in pochi mesi che fotografavano il mio tempo presente. La prefazione era firmata da un giovane scrittore pugliese, Mario Desiati, che avevo conosciuto attraverso un'intervista che il giornale mi aveva commissionato per promuovere il suo romanzo d'esordio. Si era trasferito a Roma da poco ed era il segretario di redazione di «Nuovi Argomenti». «La potenza che si sprigiona nelle pagine della raccolta è disarticolante, anche disarmante, sembra comunicare uno spossessamento dell'io, una condizione di crisi del sistema di difesa.» Questo, tra l'altro, scrisse del mio libro. Questa condizione di crisi, però, non mi sotterrava, non mi rendeva domo.

Curai e pubblicai il quarto numero di «Vertigine».

All'interno c'erano testi inediti di Nicola Lagioia e Francesco Pacifico, autori che gravitavano attorno alla casa editrice minimum fax, che dopo aver portato in Italia le opere di Raymond Carver e di David Foster Wallace stava costruendo un valido spazio d'espressione per i giovani narratori italiani. Pubblicai un testo di Giulio Mozzi, uno scrittore di racconti che aveva poi accantonato la scrittura narrativa per dedicarsi all'insegnamento della scrittura creativa e alla cura del suo blog «Vibrisse». Pubblicai un testo di Antonio Moresco, uno dei fondatori del blog collettivo «Nazione Indiana», che aveva da poco dato alle stampe la seconda parte di *Canti del caos*, ma che io amavo più per il suo primo testo, *Gli esordi*, in cui raccontava la sua vita di autore rifiutato. Sapevo che attraverso la mia piccola rivista e il dialogo con questi scrittori italiani stavo costruendo qualcosa di piccolo ma importante. Eppure non mi bastava. Accusavo i colpi di un'emarginazione che iniziava a farmi male.

21

Dopo il fallimento della prova di dottorato e dopo la scadenza della mia collaborazione al progetto *I lettori di libri in Italia*, il professore mi disse che quello seguente sarebbe stato il *nostro* anno. Ma avevo iniziato a non dargli più credito.

Nel frattempo venne pubblicato un bando per l'assegnazione di una borsa di studio *post-lauream* che riguardava la raccolta e la catalogazione dei carteggi del poeta e traduttore salentino Vittorio Pagano, un autore che non solo avevo studiato durante i miei anni universitari, ma che avevo letto e approfondito anche in seguito. L'esame prevedeva due tappe: una selezione per titoli e un esame orale. Decisi di prendervi parte. Mandai in segreteria un plico con tutta la documentazione richiesta e le mie pubblicazioni. Dopo un paio di settimane vennero affissi i risultati. A passare al colloquio orale eravamo in due: io e una ragazza. La borsa di studio era valida per un anno. Quattordicimila euro netti in dodici mesi mi avrebbero fatto comodo.

Ad aprile mi presentai per il colloquio. In commissione questa volta c'era anche il mio professore, insieme al correlatore della mia tesi e all'ordinario di letteratura italiana contemporanea, quello che durante la seduta di laurea non sapeva chi fosse Ginsberg. Quando raggiunsi l'aula restai sorpreso dal fatto che fosse vuota. Eppure l'orario era quello della convocazione. Aspettai un quarto d'ora, poi un altro quarto d'ora, dopodiché andai a chiedere delucidazioni alla segreteria del dipartimento. Mi chiesero di avere pazienza e di aspettare. Dopo oltre quaranta minuti si presentarono i tre docenti. Dell'altra ragazza non c'era traccia.

Durante l'orale, a tenere le fila della conversazione fu il vecchio professore di letteratura italiana contemporanea. Mi chiese le ragioni della mia partecipazione al bando e mi fece alcune domande sull'opera di Pagano. Poi mi spiegò in cosa sarebbe consistito questo lavoro di ricerca delle lettere spedite da Pagano a intellettuali e scrittori del Novecento, mi consigliò alcuni suoi libri di biblioteconomia, mi disse che avrei dovuto viaggiare, che avrei dovuto recarmi a Firenze, presso il Gabinetto Vieusseux, e a Pavia, presso il Fondo Maria Corti, mentre gli altri due rimanevano silenziosi. Dopo un'ora venni congedato. Pensai di aver dato una buona impressione. In più, l'altra ragazza non si era presentata. «Sono l'unico ad aver sostenuto la prova orale, se mi inculano torno in facoltà e spacco tutto» mi dissi. Poi tornai a casa aspettando l'esito. Dentro di me aleggiava una piccola speranza.

22

La lettera arrivò dopo oltre venti giorni. Eravamo agli inizi di maggio. Non appena lessi «Università degli Studi di Lecce» il cuore iniziò a battere forte. Nella busta, un foglio con poche parole: «Il candidato non è idoneo». Se la sconfitta nella prova per il dottorato in Italianistica era stata dolorosa, il risultato per l'assegno di ricerca *post-lauream* sapeva di beffa. Ero riuscito a non vincere pur essendo l'unico ad aver sostenuto il colloquio. Lo scoramento era totale. Mi sentivo stanco e perduto. Passai il pomeriggio a bere al bar Paranà, dove facevano Campari Gin a due euro. Tornai a casa ubriaco a tarda sera. Monica mi aspettava sveglia davanti alla TV. Mi disse: «Tutto ok?». Io avrei voluto solo vomitare.

23

Volevo sentire dalla voce del mio professore le ragioni che avevano spinto la commissione a non assegnarmi la borsa di studio. Quando entrai nella sua stanza ne percepii il disagio, ma messo alle strette, e vedendomi nervoso, mi disse che avevano ritenuto che non avessi competenze per svolgere l'attività richiesta. Gli chiesi se lui pensasse la stessa cosa. Mi rispose che in quel dipartimento contava sempre meno: dottorati, assegni di ricerca, finanziamenti per progetti, seminari e convegni, tutto era nelle loro mani. Piuttosto, mi consigliò di non presentarmi alla successiva prova per il dottorato in Italianistica e mi propose un'alternativa. Era entrato nella commissione di un dottorato in Filologia e Critica dell'Università di Siena. Mi chiese di non presentarmi quell'anno, perché aveva già promesso il posto a un altro suo allievo, però l'anno seguente sarebbe stato il mio turno. Lo ascoltai, ma ero già distante da quella stanza e dalle sue parole. Lo ringraziai e andai via. Un altro allievo. C'era un altro allievo prima di me. Fu questo che pensai. Mi sentivo tradito.

Nei corridoi incontrai Mirko, un mio compagno di corso durante gli anni universitari, che stava ultimando il secondo anno della SSIS, la scuola di specializzazione per l'insegnamento nelle scuole secondarie di primo e secondo grado. Andammo al bar e gli raccontai del concorso per l'assegno su Pagano. Quando sentì il nome della ragazza che non si era presentata all'orale mi fissò e mi disse che la conosceva. Anche lei stava frequentando la scuola di specializzazione. Mi ricordò che frequentare la SSIS era incompatibile con l'ottenimento di assegni di ricerca da parte dell'università. Forse, aggiunse, a voler pensar male, avevano deciso di ripubblicare il bando quando lei si fosse liberata da quell'incombenza. Mentre mi parlava, con la mente ero già altrove. Prima di salutarci, Mirko mi disse: «Senti a me, sostieni la prova per entrare nella SSIS, che se anche tutto ti va male, almeno puoi lavorare a scuola».

24

Quella sera ricevetti un SMS da Roberta. Era a Lecce per la laurea di sua cugina. Avevano festeggiato fino al tardo pomeriggio. Mi disse che era libera e sola. Aveva affittato una stanza all'Hotel President, a pochi metri da piazza Mazzini. Decisi di accettare l'invito senza pensarci. Era dal giorno dell'uscita dei risultati degli esami di maturità che non ci vedevamo. Poi anni di lettere, e-mail e SMS. Ci demmo appuntamento nei pressi del Duomo. Prendemmo due birre dalla Rusticana, poi, seduti sui gradini di un locale chiuso, mi raccontò gli ultimi mesi della sua vita, dettagli di cui ero già a conoscenza. Mi disse che era triste, che odiava Milano, che odiava Economia, pur essendo arrivata a cinque esami dalla laurea, che odiava i suoi coinquilini e perfino se stessa. Poi iniziò a piangere. E bevve. E mi mandò a prendere altre due birre.

Mi disse che la mia presenza nella sua vita era importante, che mai avrebbe dovuto fidanzarsi con Marco e che avevo avuto le mie ragioni a non parlarle per anni, ma che ora era passato così tanto tempo e che era giusto voltare pagina. Iniziò a stringermi a sé, fortissimo, in maniera asfissiante, tanto da perdere per un attimo il respiro, con la bocca e il naso incollati alla sua spalla, un tutt'uno che non consentiva d'ossigenarmi. Allora le dissi: «Spostiamoci, andiamo al Caffè Letterario, ti offro una grappa». Così ci allontanammo, e di grappe ne bevemmo tre a testa. Lei iniziò ad alternare lacrime a strane risate scomposte, il proprietario del Caffè Letterario mi lanciò delle occhiate lapidarie, quindi le proposi: «Andiamo a farci un giro». Lei rilanciò: «Andiamo in albergo, che sono stanca».

Una volta arrivati in stanza decise che era giunto il momento di farmi un pompino, e divenne d'improvviso silenziosa e concentrata. La lasciai fare e non pensai al fatto che a pochi metri da quell'albergo c'era Monica che mi aspettava. Non pensavo a nulla, perché sentivo che tutto stava scivolando verso un punto denso e oscuro, e non potevo arrestare la deriva di quel flusso a cui non sapevo dare nome. Le dissi di fermarsi, mi distesi su di lei, la scopai con forza e disperazione e le venni sul ventre. Dopo poche parole di circostanza, andai in bagno, mi lavai e la salutai. Lei già dormiva. Uno sbilenco sorriso le timbrava le labbra.

25

Alla fine i finanziamenti non arrivarono, ma con Mauro del Fondo Verri organizzammo il nostro festival, *Gran Bazar*, presso l'ex Convento dei Teatini a Lecce. Io coordinai alcuni incontri. Non avendo un grande budget, invitai alcuni scrittori a dormire da me, nella casa di via Toma.

Sabato 22 maggio 2004 andai in stazione a prendere Wu Ming 1 e Wu Ming 2, i membri del gruppo di narratori anonimi diventati noti con il nome di Luther Blissett e con il romanzo *Q*. Erano a Lecce per presentare *Guerra agli umani*. Una volta recuperati, li portai a visitare il centro della città, piazza Sant'Oronzo, Santa Croce e il Duomo. Dopo pranzo ci recammo sul luogo della presentazione. Lo spazio per il pubblico era gremito. All'inizio dell'incontro chiesero di non essere fotografati per rispettare la loro scelta di anonimato. Più tardi, durante il consueto giro di domande del pubblico, prese il microfono un uomo che conoscevo di vista. Era un poeta pugliese che gravitava attorno al mondo editoriale locale. Iniziò a inveire dicendo che i loro libri erano feccia, che il loro anonimato era una cazzata, che Wu Ming nel suo dialetto voleva dire «te lo metto in culo». I Wu Ming abbandonarono il palco. Io mi scusai con loro. A cena per tutta la serata si parlò solo di quel contrattempo.

Il giorno dopo era nostro ospite Christian Raimo. Andai a prenderlo in stazione subito dopo la partenza per Bologna dei Wu Ming. Durante il pomeriggio, prima dell'evento, mi chiese di accompagnarlo in chiesa, perché avrebbe voluto assistere alla messa. Mi colse alla sprovvista, ma lo portai al Duomo e gli indicai la strada per raggiungere il luogo della presentazione. Provai invidia per la sua fede. Raimo era venuto al *Gran Bazar* a presentare *La qualità dell'aria*, una raccolta di racconti che aveva curato insieme a Nicola Lagioia. Appena iniziammo a parlare del libro mi resi conto che tra il pubblico c'era di nuovo il poeta locale che aveva insultato i Wu Ming la sera precedente. Mentre dialogavo con Raimo provai a capire in che modo ovviare alla roulette finale delle domande del pubblico, evitando nuovi spiacevoli inconvenienti. Ma verso la chiusura dell'incontro il poeta scattò in piedi e rivolgendosi a Raimo urlò: «Tu, con quella bombetta da coglione in testa, sei uno scrittore mediocre, e se continui a guardarmi così vengo lì e ti prendo a pugni». Io intervenni dicendo di abbassare i toni e di abbandonare lo spazio. Lui si avvicinò a me e mi disse: «Ti spacco il culo, pezzo di merda».

Quella notte non riuscii a prendere sonno. Pensai all'impegno che avevo profuso nell'organizzazione di un evento del genere, ai salti mortali per far quadrare i conti, alle ore trascorse a leggere libri per costruire conversazioni interessanti. Era bastato un frustrato qualunque per rovinare tutto e trasformare un festival pieno di idee in un palcoscenico per saltimbanchi.

26

Anche nell'estate del 2004 scrissi con assiduità sulle pagine del «Nuovo Quotidiano di Puglia». In Puglia si moltiplicavano i festival di libri e gli incontri con scrittori di primo piano, e il mio lavoro era quello di intervistarli.

A giugno si diffuse la notizia della presenza di Giovanni Lindo Ferretti alla Notte della Taranta accanto ad Ambrogio Sparagna. Ferretti avrebbe coordinato un laboratorio sulla parola. Teo mi chiamò e mi chiese di intervistarlo per presentarlo ai nostri lettori. Nel primo pomeriggio mi misi al lavoro, ma il mio computer non ne volle sapere di accendersi e Monica e le altre ragazze erano tornate a casa dei loro genitori per il weekend. Andai in redazione a parlare con Teo del mio problema, sperando che mi facesse usare uno dei loro computer, ma mi disse che non era possibile, perché i computer e i telefoni erano di uso esclusivo dei redattori, e io ero solo un collaboratore. Le regole erano queste. I tempi erano stretti. Avrebbe passato il pezzo a un altro. Quindi niente intervista a Ferretti e niente pezzo sul giornale.

27

Ascoltai il consiglio del mio amico Mirko e sostenni la prova per accedere alla SSIS. Mi presentai nella classe di concorso per insegnare italiano e latino nei licei, e in quelle per insegnare italiano, storia e geografia alle scuole medie. Non mi sforzai neppure di aprire i libri, perché dentro di me speravo di non passare la selezione, anche se d'altra parte una voce mi diceva che quella era la mia ultima spiaggia. La prova non era difficile. Dopo qualche giorno vennero affissi i risultati: ero nel gruppo dei vincenti per l'insegnamento nelle scuole medie. Per completare l'iscrizione alla scuola di specializzazione era necessario versare la quota annuale di 1500 euro. Non solo avrei preferito non passare la selezione, ma il mio conto al momento diceva +326 euro.

Agli inizi di ottobre andai a Grottaglie perché mio fratello maggiore festeggiava il suo compleanno. Come spesso capitava in queste situazioni familiari, bevevo molto, ingollando vino senza freni. Poi, quando le candeline della torta furono spente e i nipoti erano già a letto, calai il mio asso di bastoni: «Sono entrato in questa scuola di specializzazione per poter insegnare alle scuole medie, sono due anni di studio, costa 1500 euro all'anno e io da solo non ce la faccio». Mia madre disse: «Non mi pare questo il momento di parlarne, ma in qualche modo faremo». Mia cognata iniziò a sparecchiare e mio fratello andò in bagno. Mio padre si rivolse a mia madre e le disse: «Questo ha ventisei anni e non ha mai lavorato in vita sua. Non faremo in nessun modo. I soldi non ci sono. Mannaggia Gesù Cristo!». Si alzò e andò in balcone. Mi avvicinai a mia cognata e le dissi: «Grazie di tutto». Poi andai via.

A ritroso

Una foto in bianco e nero, l'unica conservata nell'album di famiglia, immortalava un momento del matrimonio dei miei genitori. La foto raffigurava mia madre poco più che sedicenne. Indossava un tubino grigio e portava al collo un filo di perle bianche. Non sorrideva. Al suo fianco, suo marito non c'era. Fissava il fotografo, i suoi occhi erano pieni di smarrimento. Ogni volta che mia madre guardava quella foto, si rivolgeva a mio padre dicendo: «Non ho avuto diritto neanche all'abito bianco».

Qualche giorno dopo il matrimonio tra i loro rispettivi fratello e sorella, mio padre l'aveva incontrata nei pressi della fontana di piazza Municipio. Lei stava riempiendo delle bottiglie, lui era in lambretta. Era appena andato dal parroco della chiesa per definire gli ultimi dettagli delle sue nozze con Rosina. La data si avvicinava e i preparativi iniziavano a far-

si impellenti. Mio padre era ammaliato dalla bellezza di quella ragazza. Aveva già avuto modo di vederla in altre occasioni, ma ai suoi occhi le era sempre sembrata poco più che una bambina. Ora invece non c'era più traccia di quella bambina. Il suo seno era sbocciato e i capezzoli si intravedevano dal vestito a fiori. Mentre indugiava su quel dettaglio, mio padre le chiese se voleva un passaggio fino a casa. Lei all'inizio fu titubante, perché sapeva che accettare passaggi dai ragazzi era sconveniente e poteva dare adito a discorsi maliziosi tra gli abitanti del paese, ma in fondo lui era uno di famiglia, e l'idea di portare sei bottiglie di acqua a casa con quel caldo non l'allettava. Mia madre non sapeva ancora che quel passaggio sarebbe stato il lasciapassare per il suo inferno.

28

Alla fine non mi iscrissi alla SSIS. Non solo perché non avevo i soldi, ma perché non volevo tornare a scuola. Inoltre, non avevo voglia di fare lo studente per due anni, dare esamini per avere in cambio un pezzo di carta che mi avrebbe messo in graduatoria, per poi essere chiamato a insegnare in una scuola media nella provincia di Brescia. Io volevo scrivere libri, volevo lavorare per i giornali, volevo curare le mie riviste e fare ricerca, volevo organizzare eventi. Ma mi sentivo solo, avevo mollato la presa da tutte le persone a cui avevo provato ad aggrapparmi negli ultimi due anni: il mio professore aveva altri allievi a cui pensare e per Teo ero solo un collaboratore. Mauro mi dava fiducia, ma della fiducia non sapevo che farmene. Il tempo a disposizione era finito.

29

Dopo mesi di immobilismo e smarrimento, all'inizio dell'anno cambiai casa. Con Monica e con un'altra coinquilina di via Toma ci spostammo in un bilocale vicino Porta San Biagio. Il mio rapporto con Monica andava sempre peggio, non facevamo più l'amore, lei era stanca del mio costante malessere e io del suo modo di vivere. Iniziai a guardare la nostra coinquilina con occhi diversi. Era piccola, con dei ricci folti e neri, un viso carino e un seno meraviglioso. A volte, quando usciva dalla doccia, la vedevo seminuda e scorgevo i suoi morbidi capezzoli scuri. Altre volte, in bagno, mi capitava di annusare le sue mutandine.

Roberta, dopo la scopata fugace nella stanza del President, provava a contattarmi in ogni modo, alternando dichiarazioni d'amore a parole feroci con cui mi accusava di ogni malefatta. Ciò che mi piaceva di quella situazione era che potevo restituirle parte del male che mi aveva inflitto negli anni. Il suo ultimo

SMS mi giunse in piena notte: «È l'ultima volta che ti scrivo. Sappi che un giorno ci rivedremo e lì saranno cazzi tuoi». Sentivo di non poter più amare nessuno.

In quel periodo iniziai a trascorrere i pomeriggi per strada a vendere le mie riviste e i libri usati. Lo facevo accanto a Bardamù, un pittore che avevo conosciuto al Fondo Verri e che vendeva le sue opere a pochi euro. Con Bardamù bevevamo tanto. A volte portava delle bottiglie di un vino che faceva insieme a suo padre, altre volte raccoglievamo un po' di soldi e andavamo in un minimarket a due passi dal Duomo a comprare del Salice Salentino o del Primitivo. Eravamo costantemente ubriachi.

Scrivevo sempre meno per il giornale e non passavo più dallo studio del professore. Con Mauro non organizzavo incontri perché mi ero stancato di lavorare senza avere prospettive. Mi dedicavo con sempre meno energia alla curatela di «Vertigine». In primavera uscì il quinto numero, che aveva come titolo *Merda d'autore*. Avevo chiesto a una decina di autrici e autori italiani di cercare tra i file dei propri computer il racconto o la poesia che avrebbero voluto cestinare. Era un numero fatto di scorie, di monnezza, di cose da buttare. Dal punto di vista grafico era il numero più bello tra quelli realizzati. Le illustrazioni di Annalisa miglioravano mese dopo mese. Ne stampai cinquecento copie grazie al sostegno di alcune librerie e grazie alla tipografia, che mi faceva un prezzo di favore.

Quando ero in strada, oltre a vendere le copie e a bere, riempivo un taccuino di versi. Spesso incontravo Paolo e Vito, che però facevano finta di non conoscermi. Sapevo che stavano continuando a scrivere e a pubblicare poesie su blog e riviste, ma non riuscivo a leggere più nulla che fosse scritto da loro.

Una sera, mentre stavo vendendo qualche copia della rivista ad alcuni turisti milanesi, sentii chiamare il mio nome. Alzai lo sguardo e riconobbi un vecchio amico di Grottaglie, Cristiano, che durante gli anni dell'adolescenza mi aveva convinto a prendere parte al campo scuola sul Pollino organizzato dalla parrocchia. Si trovava a Lecce con un gruppo di amici. Viveva da qualche anno a Roma, si era laureato in Scienze della comunicazione e lavorava in un'agenzia pubblicitaria. Mi chiese di me e gli raccontai la verità, le difficoltà con il lavoro, la stanchezza per una situazione che non riuscivo a sbloccare.

Mi disse che a Roma c'erano molte più possibilità rispetto al Sud, che aveva molti amici che erano impegnati nel mondo del giornalismo e dell'editoria. In più, Roma era meravigliosa e il sindaco Veltroni stava facendo un ottimo lavoro per la crescita della città. Mi diede il suo numero di telefono e mi disse di chiamarlo qualora avessi deciso di fare un salto nella capitale. Mi avrebbe ospitato volentieri qualche giorno. Comprò l'ultimo numero e mi disse di riguardarmi, poiché mi vedeva dimagrito.

30

Per molti mesi vissi alla giornata, accontentandomi del poco che avevo, senza progetti, senza ambizioni, senza una minima idea di futuro. Nell'agosto del 2007 ero solo in città. Lecce era invasa dai turisti e io continuavo a vendere libri e riviste. Monica era tornata a casa dai suoi genitori, Bardamù da qualche giorno era partito per il Portogallo. Riuscivo a tirar su una trentina di euro al giorno, che spendevo in vino e nella ristampa periodica delle riviste. Stavo lavorando a un sesto numero, ma tutto procedeva a rilento. L'alcol mi aiutava a non pensare, mi allontanava dal nulla in cui annaspavo, più la folla riempiva via Vittorio Emanuele II più avevo voglia di scomparire.

Nelle ultime settimane avevo incontrato Mauro, che mi aveva detto di farmi vivo perché il Fondo Verri aveva bisogno di me. Teo ogni tanto mi chiamava al cellulare per propormi dei pezzi, ma più rifiutavo e più diventavano sporadiche le sue chiamate. Una sera di fine agosto vidi il professore che sfogliava le mie riviste. Cercava il mio sguardo e mi disse che non aveva ancora letto l'ultimo numero. Mi allungò una banconota ma gli risposi che gliel'avrei regalata. Lui insistette, aggiungendo che la cultura si paga. «Perché sei sparito?» mi chiese. «Perché sono molto impegnato in questo periodo, come può vedere.» «E per quel dottorato a Siena?» «Le cose cambiano, professore.» Mi guardò dispiaciuto. Mi salutò e si disperse tra la folla con la rivista sottobraccio.

Quella sera bevvi come un dannato. Dopo aver riposto libri e riviste nella valigia, attraversai via Palmieri e mi fermai all'Orient Express, un bar che aveva sempre un bicchiere pieno per noi bevitori notturni. Rocco, il barista, mi fece il primo Campari Gin, poi il secondo, poi il terzo. L'ultima cosa che ricordo di quella notte è una frase di *Rumore bianco* di Don DeLillo, che lessi a una ragazza conosciuta pochi minuti prima: «Ciò che riluttiamo a toccare, sembra spesso essere l'essenza stessa di cui è intessuta la nostra salvezza». Poi il buio.

31

La mattina seguente mi svegliai in ospedale. Avevo una flebo al braccio e un mal di testa devastante. Non sapevo cosa fosse successo né chi mi avesse portato fin lì. Ancora una volta finii in ospedale per aver bevuto troppo. A quindici anni era stata l'euforia della prima festa senza genitori e la timidezza che non mi aveva consentito di avvicinarmi a Roberta; a ventotto anni era stata la paura di toccare le vertigini della vita adulta. A differenza della prima sbronza, accanto a me non c'era più mia madre, e no, non c'era ancora nessun padre.

Il medico che mi visitò mi fece una ramanzina sui rischi dell'alcol e mi disse che nel pomeriggio sarei potuto tornare a casa. Quale casa? Il bilocale di Lecce ero lo spazio che racchiudeva tutti i miei recenti fallimenti, la casa dei miei genitori a Grottaglie era il luogo da cui avevo sempre voluto fuggire. Eppure, dopo aver lasciato l'ospedale, andai nella mia casa leccese, preparai una valigia e un borsone, ci misi dentro vestiti e libri e mi recai in stazione, dove presi un treno per Grottaglie. Lungo il viaggio chiamai Monica e le dissi che ero andato via, e che la cosa migliore per entrambi era che ciascuno seguisse la propria strada. Lei sembrava sorpresa, iniziò a piangere e non disse nulla. In realtà sapevo che anche lei lo desiderava, ma non aveva mai avuto la forza di dirmelo per paura di restare sola. Poi chiamai Cristiano, gli chiesi se era ancora valida la proposta di ospitarmi qualche giorno a Roma. Mi disse di sì, aggiunse che il suo coinquilino sarebbe stato via per qualche mese, perciò non avrei neppure dovuto dormire sul divano.

Quando arrivai a casa dei miei genitori, mia madre era già a letto in soggiorno, mio padre era in cucina che spiluccava un grappolo d'uva. Mia madre voleva prepararmi qualcosa da mangiare, approfittai della presenza di entrambi per dire loro che avevo deciso di andare a Roma per un po'. «Per un po' quanto?» mi chiese lei. «Non so, per un po'. Ho bisogno di cambiare aria, e se trovo un lavoro magari ci resto.» Mio padre mi fissò mentre masticava i chicchi d'uva. «Non ho bisogno di soldi, tranquillo» gli dissi. Prese il piatto con i resti, lo mise nel lavabo e andò in bagno. Avrei voluto dirgli tante cose, ma andava bene così. Per anni avevo cercato l'affetto di mio padre tra le mura di quella casa, ricevendo in cambio solo silenzio. Avevo cercato la sua mano protettiva tra gli adulti incontrati negli anni della giovinezza, senza capire che non erano loro a potermi salvare. Quando restammo soli, mia madre mi disse sottovoce: «Sono felice che vai a Roma. Secondo me dovresti scrivere a Maurizio Costanzo, perché se presenti i tuoi libri nella sua trasmissione diventi subito famoso». Le sorrisi, mi avvicinai e l'abbracciai forte. Le dissi che andavo a dormire, perché l'indomani avrei avuto tante cose da sistemare.

Parte terza

NEL MEZZO

1

Giunsi a Roma nell'agosto del 2007. C'ero stato solo una volta in precedenza, cinque anni prima, quando insieme a un gruppo di amici eravamo partiti da Lecce con un pullman della CGIL per prendere parte alla più grande manifestazione della storia italiana: oltre tre milioni di persone contro l'assalto del governo Berlusconi e di Confindustria all'articolo 18. Pur avendo in odio il presidente del Consiglio, eravamo andati a Roma con l'intento di fare un viaggio gratis, approfittando della generosità del sindacato. In quell'occasione avevo visto per la prima volta il Circo Massimo, il Colosseo, la Bocca della Verità e piazza Venezia. Ma di Roma non conoscevo nulla.

Una volta giunto a Termini, presi il 105 in direzione di Grotte Celoni. Cristiano mi aspettava alla fermata e insieme andammo a casa sua, in via della Marranella. Era un appartamento con cucina, bagno e due camere da letto. Occupai la camera del suo coinquilino. Per me era una sistemazione provvisoria.

Cristiano era in una fase di sospensione della vita. Dopo tanti anni di fidanzamento con Maddalena, la loro storia non aveva resistito alla prova della lontananza. Lei si era trasferita a Parma, per iniziare a lavorare in un ospedale. Lui aveva pensato di seguirla, ma poi avevano deciso insieme che sarebbe stato folle da parte sua rinunciare a un contratto a tempo indeterminato. Dopo pochi mesi avevano deciso di porre fine alla loro relazione. Cristiano cercava di lenire la sofferenza uscendo ogni sera, frequentando ragazze e usando MySpace per conoscere nuova gente. Grazie a lui il mio arrivo in quella città sconosciuta non fu traumatico. In poche settimane, però, si rese evidente il fatto che alla vita sociale attiva doveva far seguito una vita lavorativa altrettanto vivace. Avevo un po' di soldi da parte, ma sarebbero terminati entro pochi mesi. Dovevo trovare una soluzione prima possibile.

Chiamai Giancarlo Minicucci, che per anni era stato il direttore del «Nuovo Quotidiano di Puglia», il quale l'anno prima era tornato a Roma a lavorare al «Messaggero». Ci incontrammo nella sede di via del Tritone, mi disse che era contento di vedermi, che mi aveva letto sempre con piacere e che era venuto a Roma a svernare in attesa della pensione. L'unica cosa che poteva fare per me era mettermi in contatto con Gloria Satta, che dirigeva le pagine culturali del «Messaggero». Pochi giorni dopo ci incontrammo. Mi disse che i margini per una collaborazione erano limitati, ma mi consigliò comunque di inviarle qualche proposta di articolo. Mi salutò e ripiombò subito nel suo lavoro frenetico. Le proposte alla sua casella di posta elettronica giunsero copiose. Lei invece non mi contattò mai per darmi una risposta.

Nel frattempo Mario Desiati, che lavorava ancora come segretario di redazione per «Nuovi Argomenti», mi disse che nella sede della Mondadori in via Sicilia cercavano un nuovo ufficio stampa da affiancare a Mara Samaritani, che era la responsabile. Al colloquio con la Samaritani partecipò anche Desiati. Le parole che Mario spese nei miei riguardi furono molto generose, ma pochi giorni dopo ricevetti una telefonata in cui mi comunicavano che non ero la persona che stavano cercando.

Lasciare Lecce per Roma significò anche fare a meno di una vecchia parte di me, quella che viveva ogni ostacolo verso la propria realizzazione lavorativa o personale come una sconfitta radicale. Roma mi offriva un orizzonte vasto di possibilità che Lecce non poteva darmi, ma ai miei occhi era anche chiaro che lì la concorrenza era molto più spietata. Soprattutto se avessi voluto davvero dire addio alla mia vecchia vita, avrei dovuto guardare oltre il mondo letterario. In breve tempo riscrissi il mio curriculum, depennando inutili pubblicazioni e infarcendolo di esperienze ingannevoli. Nell'arco di meno di due settimane mi ritrovai davanti al monitor di un computer, con una cuffia e un microfono, in un ampio ufficio in viale Regina Margherita a vendere surgelati per conto dell'azienda tedesca Bofrost.

2

Le mie giornate non erano dedicate solamente alla vendita di piselli e carciofi. Lavoravo al call center dal lunedì al venerdì, dalle 15 alle 21, il che mi consentiva di destinare le ore mattutine alla scrittura, mentre nel dopolavoro spesso vagabondavo insieme a Cristiano tra le strade del Pigneto, passando da un locale all'altro, tracannando birre e conoscendo gente nuova.

Era uscito da poco il mio secondo libro di poesie, che avevo scritto negli anni leccesi. Riuscii a trovare un locale a San Lorenzo in cui organizzare una presentazione. Erano passati poco più di due mesi dal mio trasferimento a Roma e iniziavo a dare un senso alla mia nuova vita. Tra le persone che vennero ad ascoltarmi intravidi una ragazza a cui scrivevo da mesi su Messenger. Era sola, seduta a un tavolo con un bicchiere di vino. Mentre la fissavo mi batteva il cuore. Avrei quasi voluto dire al poeta che mi stava intervistando: «Grazie per il tempo che mi stai concedendo, ma ho di meglio da fare». Quando finii di leggere l'ultimo verso alzai lo sguardo, ma lei non c'era più. Era svanita. Maria era bellissima. Aveva occhi grandi, capelli ricci e labbra morbide. Quella sera il desiderio di gettarsi alle spalle le migliaia di parole battute sulla tastiera di un computer venne presto sostituito da un senso di sconforto. Presi il cellulare e trovai un suo messaggio: «Grazie per la serata». Provai a chiamarla. Una, due, dieci volte. Non rispose.

A ritroso

Nell'estate del 1964 si celebrarono le nozze del fratello maggiore di mio padre. Lui aveva trentacinque anni, lavorava nei campi, come tutti in famiglia. La sposa, invece, aveva diciassette anni ed era figlia del custode del cimitero del paese. Anche la famiglia della sposa era numerosa. Il camposantiere e sua moglie avevano undici figli. Dopo la celebrazione delle nozze, gli sposi e lo sciame di parenti si recarono nell'osteria della piazza per festeggiare mangiando orecchiette e pezzetti di cavallo, il tutto innaffiato da abbondante vino rosso.

Mio padre era accompagnato da Rosina. Lei era molto timida. Era la prima volta che si trovava al cospetto della famiglia di mio padre al completo. Temeva i giudizi delle cognate sul suo vestito. Aveva paura di far sfigurare il suo futuro marito. Il pranzo volgeva al termine e il camposantiere, visibilmente ubriaco, era salito sulla sedia per intonare brindisi sbilenchi. Mio padre durante il pranzo pareva assente, poco coinvolto, distratto. Mentre Rosina si concentrava sui possibili cattivi pensieri delle sorelle di mio padre, lui da ore volgeva le attenzioni a una giovane ragazza, esile, dai capelli corti, il naso alla francese e le labbra rosee e carnose. Aveva già visto quella ragazza in altre occasioni. Era una delle sorelle della sposa. Era mia madre.

3

Maria e io iniziammo a frequentarci. Passavamo insieme intere serate attraversando la città a piedi, dal Pigneto, quartiere nel quale entrambi vivevamo, a Monti e ancora fino a Testaccio, a Trastevere e alla Garbatella. Camminavamo e parlavamo, ci raccontavamo la vita prima di noi, aggiungendo dettagli a ciò che già ci eravamo detti nelle nostre conversazioni notturne in chat. Tornavamo spesso sulla nostra infanzia, la nostra adolescenza, i nostri luoghi d'origine, il senso delle scelte che avevamo fatto.

Lei era cresciuta in un paese della provincia di Reggio Calabria. Il padre era un agente di commercio che lavorava per un'importante azienda italiana del settore dolciario. Il suo lavoro lo portava spesso lontano da casa. I ricordi del passato di Maria erano costellati da giornate trascorse in solitudine nella grande casa di famiglia, dove condivideva gli spazi con la madre e la sorella. Questa routine, fatta di scuola e pomeriggi oziosi passati davanti alla TV, veniva interrotta il venerdì sera dall'arrivo del padre. Era un uomo autoritario e molto sicuro di sé. Riusciva a imporsi anche a distanza. Il timore della moglie e delle figlie di trasgredire le regole impartite durante la sua assenza si faceva ancora più dominante nelle ore in cui era a casa con loro. È da quel senso di oppressione che Maria voleva allontanarsi. Così, alla fine del liceo riuscì a convincere i genitori a trasferirsi a Roma. Si iscrisse a Scienze politiche alla LUISS.

Rispetto al limitato perimetro della sua casa calabrese, quei primi anni romani rappresentarono per lei la scoperta di un altro mondo. Ricordava le parole che il padre le disse il giorno della sua laurea: «Guarda che non hai fatto nulla di eccezionale».

Il suo sogno era diventare giornalista. In attesa che uscisse il bando per la Scuola di giornalismo di Perugia sentì parlare dell'apertura della Scuola di Televisione Mediaset diretta da Maurizio Costanzo. Presentò la domanda e venne presa. Quella scuola le avrebbe consentito non solo l'ingresso nel mondo televisivo, ma soprattutto la possibilità di iniziare a lavorare, di guadagnare e di svincolarsi dal giogo paterno. Rinunciò al sogno di diventare giornalista perché al termine di quell'anno le venne offerto un contratto come assistente alla regia di Roberto Cenci a *Buona*

Domenica. Quando la conobbi, era da poco entrata in Rai.

Non credo di aver conosciuto due padri così diversi come il mio e il suo. Mio padre non aveva studiato, aveva sempre avuto un lavoro umile e poco retribuito, sempre presente in casa ma mai autoritario; suo padre laureato in Economia, molto ambizioso sul lavoro, sempre lontano da casa eppure così incisivo nelle scelte di vita delle figlie e della moglie. Pur nella profonda diversità, i due avevano lasciato nelle nostre esistenze campi sterminati di vuoto e di dolore. Il terreno comune nacque anche da quel senso di smarrimento primigenio. La bellezza dell'incontro si trasformò in voglia di conoscersi e attraversarsi e, infine, in sconfinata e incontrollata passione.

4

Il mio lavoro al call center intanto proseguiva. Nel gennaio del 2008, dopo alcuni rinnovi temporanei, firmai un contratto a tempo determinato per un anno, rinnovato anche nel 2009. La mia buona dialettica e i due Campari Gin a stomaco vuoto che bevevo prima di iniziare il turno mi consentivano di intortare i clienti di Bofrost e chiudere un congruo numero di vendite giornaliere, facendo dormire sonni tranquilli ai miei supervisori, sempre ossessionati dai target da rispettare.

A lavorare con me c'erano studenti universitari, signore di mezz'età, molte delle quali con la licenza media, sbandati di vario tipo, come il mio vicino di postazione, che emanava costantemente un cattivo odore e veniva al lavoro sempre in tuta, e che ogni lunedì pomeriggio, prima dell'inizio del lavoro, tirava fuori dal suo zaino i nuovi DVD porno comprati il mattino precedente a Porta Portese.

Da un lato questo lavoro mi rassicurava, perché mi consentiva di affrontare con sufficiente serenità la gestione delle spese; dall'altro, il tempo trascorso in compagnia di quel numero infinito di divoratori di surgelati mi teneva distante dal mondo dei libri. Così provai a riallacciare i rapporti con i vecchi contatti del settore editoriale. Nell'arco di qualche settimana mi ritrovai a collaborare con un editore pugliese che cercava un ufficio stampa nella capitale e con un service editoriale per il quale correggevo bozze e compilavo schede di valutazione dei manoscritti.

La storia con Maria procedeva bene, trascorrevamo insieme molte serate, spesso mi fermavo a dormire da lei. Le nostre vite cominciavano a intrecciarsi. Conobbi molti dei suoi amici e lo stesso fece lei con i miei. Però c'era qualcosa che sentivo pesare sull'equilibrio della nostra relazione: temevo che il divario sociale ed economico avrebbe potuto incrinare la bellezza del nostro rapporto. Lei proveniva da una famiglia benestante, aveva studiato alla LUISS, aveva un lavoro stabile presso la più grande impresa culturale del Paese, aveva una casa di proprietà; io ero figlio di poveri, avevo studiato in un'università pubblica del Meridione, vendevo surgelati al telefono e vivevo in affitto. Non mi sentivo all'altezza. Notavo che anche lei, a volte, aveva difficoltà a dire ai suoi amici cosa facessi per mantenermi. Sentivo che ci teneva a me; spesso mi dava consigli e idee per riuscire ad allontanarmi dal call center e dedicarmi pienamente a qualcosa che avesse attinenza con i miei studi.

Anche la sorella di Maria viveva a Roma, era un'avvocatessa ma non amava esercitare la professione. Decise quindi di aprire un locale al Pigneto, che in quegli anni stava divenendo sempre di più un punto di ritrovo per i giovani. Coinvolse Maria nell'organizzazione dell'apertura e nella gestione. Nell'autunno del 2008 venne inaugurato Chiccen, un wine bar atipico sull'isola pedonale del Pigneto, pensato come se fosse una cucina domestica aperta al pubblico. Per dare una mano ai dipendenti trascorrevamo lì gran parte delle nostre serate. Iniziammo a organizzare eventi con poeti, narratori e musicisti. All'inizio la gente rispose con entusiasmo e la partecipazione fu numerosa.

Tra i vari lavori da incastrare, il tempo libero a disposizione era sempre più esiguo. Anche la stanchezza si faceva sentire. Maria e io decidemmo perciò di staccare la spina per qualche giorno. Nel periodo natalizio andammo per due settimane a New York. Affittammo una stanza a Williamsburg tramite Craiglist. Nel gelido dicembre newyorkese furono giorni di lunghe camminate, di ore trascorse a visitare gallerie e musei di arte contemporanea, come il Guggenheim, il MoMA e il Metropolitan, ma anche i piccoli spazi artistici di Chelsea, di pranzi al sacco improvvisati nei parchi annaffiati da pessimo vino cileno, di zucchero filato mangiato tra le giostre di Coney Island, di versi scritti su esili taccuini e di fotografie scattate ovunque.

Il tempo trascorse feroce, dandomi la nitida sensazione di volerne ancora e di non desiderare di ritornare. Nel viaggio verso casa, però, Maria era silenziosa. Quei momenti a volte sembravano spuntare dal nulla e mi gettavano addosso il timore dell'abbandono. Sentivo che qualcosa di profondo ci univa, ma mi era chiaro che l'effervescenza del viaggio avrebbe presto lasciato spazio alla crudezza della vita reale, dove le mie fragilità e le mie incertezze sarebbero venute presto a galla. Forse fu per questo che lei, una volta giunti a Roma, mi salutò freddamente e tornò a casa, lasciandomi in preda a mille interrogativi.

5

«Sei pronto a non prendere impegni per i prossimi diciotto anni?» Maria pronunciò queste parole al telefono in un pomeriggio di fine febbraio. Avevo iniziato da poco il mio turno di lavoro. Sapevo che quel giorno avrebbe fatto un'ecografia, sapevo anche che il ritardo e la stanchezza che manifestava potevano avere un'origine chiara, ma quella notizia mi gettò in uno stato di euforico subbuglio e di matta agitazione. Dissi al mio supervisore che sarei dovuto andare via per questioni personali. Mi incamminai verso Maria e, una volta raggiunta, dopo un lungo abbraccio, ci sedemmo in un bar a parlare fittamente.

Avevamo meno di trent'anni e la nostra storia andava avanti da meno di uno. Non vivevamo insieme. I nostri genitori sapevano appena dell'esistenza dell'altro. Eppure eravamo convinti fin dal primo istante che la cosa giusta da fare era accogliere quella nuova vita. Il giorno successivo chiamai mia madre per renderla partecipe della novità. Sapevo che la moglie del mio secondo fratello avrebbe partorito da lì a qualche giorno. Quando mia madre rispose al telefono era su di giri, la sua terza nipote era appena nata. Mi descrisse minuziosamente le mani, il viso e il sorriso di quella bambina. Dopo che ebbe finito, le dissi: «Comunque, sappi che tra otto mesi diventi nonna un'altra volta». Dall'altra parte del telefono calò un silenzio gelido. Dopo qualche secondo mi chiese: «Sei sicuro che ce la farai?». Ero sicuro che ce l'avrei fatta? A fare cosa? A essere un buon padre? In quel momento per la prima volta si stagliò nitida nella mia mente una semplice idea: «Non abbandonare questa creatura, stalle accanto, donale parole di conforto e se è necessario di rimbrotto, sii per lei un buon modello, ascoltala, guardala sempre negli occhi, accarezzala». Non seppi mai quale reazione ebbe mio padre alla notizia della gravidanza di Maria.

I mesi successivi furono colmi di tribolazioni. Decidemmo di andare a vivere insieme. Diedi a Cristiano la notizia e lo aiutai a trovare un nuovo coinquilino. La casa al Pigneto di Maria sarebbe andata bene per pochi mesi, era troppo piccola per viverci in tre. Iniziammo una ricerca concitata con la speranza di riuscire a trovare una casa che avesse anche un giardino. Nel frattempo le settimane passavano. Maria faceva i controlli necessari per monitorare la gravidanza. Al terzo mese ci dissero che avremmo avuto una bambina. Iniziammo a pensare al nome da darle. Al mio lavoro si aggiunse altro lavoro: grazie all'aiuto del service editoriale con cui collaboravo, firmai un contratto con un'importante casa editrice romana per scrivere una guida sulla Puglia. I tempi per la consegna erano strettissimi, ero costretto ad alzarmi alle quattro del mattino per lavorare al libro. Lo consegnai agli inizi di giugno. Intanto la pancia di Maria cresceva, andò in maternità e trovammo una casa con giardino a Porta Portese, dove ci saremmo trasferiti a settembre. Il libro uscì a luglio, ad agosto andai in ferie. Passammo qualche giorno al mare in attesa che arrivasse ottobre e che nascesse la bambina.

6

La prima volta che i miei genitori videro Maria, lei era incinta di tre mesi. Andammo a Grottaglie perché eravamo stati invitati al battesimo della figlia del mio secondo fratello. Mia madre era tesa, ma nei pochi giorni che trascorremmo a casa fu molto cordiale. Si mise ai fornelli per preparare alcune delle sue specialità. Mio padre se ne stava in disparte, visibilmente a disagio, incapace anche di rispondere alle domande più semplici. Per mia madre il fatto che Maria avesse conosciuto Maurizio Costanzo e che lavorasse in televisione era un motivo sufficiente per rimarcare la povertà della mia condizione lavorativa. «Certo, ora lavora in un call center, ma ha sempre studiato tanto. Quanti complimenti ai colloqui, al liceo... Sono certa che troverà di meglio. Il libro che ha pubblicato sulla Puglia sta vendendo bene. Speriamo. Un figlio da mantenere costa.» Contavo le ore che mi separavano dal ritorno a Roma.

Non andò meglio con i genitori di Maria. Quando seppero della gravidanza si chiusero in un ostinato silenzio. Non era quello che avevano pensato per lei. Era troppo giovane, un figlio avrebbe posto un freno alla sua crescita professionale. In più, il padre della creatura non era la persona giusta. Quando andammo nella loro casa al mare a Santa Maria di Ricadi ebbi l'occasione di conoscerli e di rendermi conto di quanto non fossi gradito. In particolar modo, suo padre mi dimostrava un'insofferenza senza infingimenti. Non era il modo migliore per sostenere la nascita di una nuova famiglia.

A fine agosto tornammo a Roma. Nei giorni seguenti lasciammo la casa al Pigneto per trasferirci a Porta Portese. A ottobre arrivò il termine del periodo di gestazione. In casa era tutto pronto per accogliere nostra figlia. Nell'auto avevamo sistemato una valigia con l'occorrente per il ricovero in ospedale. L'attesa si faceva ogni giorno più fremente. Finché una mattina, mentre eravamo in fila alla posta, Maria iniziò ad avere delle contrazioni che nell'arco di un'ora si fecero sempre più ravvicinate e dolorose. Salimmo in macchina e in pochi minuti giungemmo in ospedale.

In seguito a una veloce visita con l'ostetrica venne deciso il ricovero. Alle quattro del pomeriggio del 23 ottobre, dopo alcune ore di travaglio, venne al mondo un tenero batuffolo di tre chili. Tenni la mano a Maria, tagliai il cordone ombelicale di mia figlia e la presi in braccio non appena un'infermiera ebbe terminato di lavarla e vestirla con una tutina verde. Una volta tornati in camera, Maria e io decidemmo che era giunto il momento di scegliere il nome. Tra le tante opzioni che avevamo considerato ne erano rimaste due: Matilde e Rebecca. La scelta cadde su Rebecca, un nome d'origine ebraica che significa «colei che avvince con le sue grazie». Ci sembrava perfetto. Quello stesso pomeriggio i genitori di Maria vennero a Roma a conoscere la loro prima nipotina. Al termine della visita, il padre ci disse che quella sera stessa sarebbero ripartiti per la Calabria. Non li rivedemmo per alcuni mesi. Quando chiamai mia madre per comunicarle la notizia, rispose concitata. Era scoppiato un tubo in cucina e si era allagato tutto. «Capitano tutte a me» disse. Aggiunse che mio padre dormiva e mi raccomandò di dare un bacio a Maria e alla bambina. Vennero a Roma a conoscere la loro quarta nipote solo nella primavera successiva.

Mentre ero seduto sulla poltrona della camera d'ospedale, con Maria e Rebecca che dormivano, tirai un sospiro di sollievo. Erano mesi che vivevo sul filo della tensione, con la paura che il trasloco non andasse a buon fine e che Maria potesse avere improvvise complicazioni. Invece ero lì, a osservare la donna che amavo e nostra figlia appena nata. Sentivo i loro respiri all'unisono saturare lo spazio. Chiusi gli occhi anch'io per un istante.

7

Un padre, una madre, una figlia e una vita nuova da costruire. Le giornate ruotavano intorno a Rebecca, alle poppate, ai riposini, ai bagnetti, poi le prime passeggiate, i controlli dal pediatra, i giochini con cui intrattenerla. Maria era in maternità e io decisi di prendere alcuni mesi di congedo parentale dal call center, fino a quando sarebbe scaduto il mio secondo contratto a tempo determinato. Quella scelta avrebbe avuto delle conseguenze negative di cui ero consapevole: dopo la prolungata assenza, l'amministrazione non mi avrebbe rinnovato il contratto. D'altro canto, con la nascita di mia figlia avevo deciso che lì non avrei più messo piede. Avevo studiato tutta la vita, e ritenevo di meritare di più. Inoltre non volevo che Maria si vergognasse di me e desideravo che Rebecca da grande fosse orgogliosa del lavoro di suo padre. Oltre a ciò, il libro sulla Puglia uscito in estate stava andando bene e l'editore mi commissionò un nuovo lavoro. Poi c'erano l'attività di ufficio stampa con l'editore pugliese e la collaborazione con il service editoriale. Si trattava di continuare su quella strada, di rafforzare quei contatti lavorativi per renderli più solidi e remunerativi.

La stesura del secondo libro sulla Puglia procedeva in maniera rapsodica; nelle mie giornate piene di impegni riuscivo a ritagliarmi solo pochi momenti per scrivere. Spesso l'unico modo per riuscire a rispettare le scadenze era continuare a svegliarsi all'alba, prima che la vita domestica iniziasse a pulsare. L'ansia divenne la mia compagna inseparabile, che a volte mi impediva di respirare. Solo l'alcol mi teneva a debita distanza da quella sensazione di perenne asfissia. Spesso durante la giornata mi allontanavo da casa per fare la spesa, comprare i pannolini, prendere qualcosa in farmacia, pagare una bolletta, e prima di rientrare bere al volo un bicchiere di whisky. Era un modo per anestetizzarmi e togliermi di dosso quel senso di oppressione serpeggiante e continuo.

Le cose peggiorarono quando Maria, terminato lo svezzamento di Rebecca, riprese il suo lavoro in Rai. Le fu affidata la realizzazione di un programma che prevedeva molti contenuti in esterna, col risultato che era spesso fuori Roma. In quei giorni il tempo da dedicare al lavoro diventava sempre più esiguo. Se da un lato prendermi cura di Rebecca, prepararle da mangiare, lavarla, portarla a spasso per le strade del quartiere, vederla crescere giorno dopo giorno era fonte di gioia, dall'altro il tempo trascorso con mia figlia era sempre accompagnato da una sensazione di malessere. Il lavoro accumulato mi angosciava. Il timore di non far quadrare i conti, anche. Intorno a me aleggiava la sensazione che tutto, da un momento all'altro, potesse crollare. Eravamo soli. Quando attraversavamo Testaccio vedevo molti bambini in compagnia dei nonni. I genitori di Maria non avevano ancora digerito la scelta compiuta dalla figlia, e pur mostrando un sincero affetto per la nipote, spesso quando venivano a Roma restavano poco tempo con noi. La loro sembrava una forma di tolleranza a tempo limitato. Diversa e perfino peggiore era la situazione per quanto riguardava la mia famiglia. Mia madre e mio padre conobbero Rebecca solo molti mesi dopo la sua nascita. La decisione di venire a Roma fu conseguente alla scoperta della malattia di mia madre.

Tutto ebbe inizio con la comparsa di dolori lancinanti alle mani che la tormentavano durante il lavoro in pasticceria. Si sottopose a molte visite per comprenderne le origini, tra cui una da uno specialista a Tor Vergata. Mia madre e mio padre vennero a Roma per due giorni, trovai per loro una sistemazione in un bed and breakfast vicino a casa nostra. La sera del loro arrivo cenarono con noi. Furono molto affettuosi con Rebecca. Mio padre non la prese mai in braccio, ma spesso la accarezzava sorridente. Ebbi la netta sensazione che la distanza che separava me dalla mia famiglia d'origine fosse ormai incolmabile. Quando l'indomani li vidi salire sul treno, pensai a quanto fossero invecchiati e a quanto poco fosse il tempo che ci restava da condividere. In particolare, percepivo in mio padre un mutamento. Quella costante indifferenza nei miei confronti che mostrava ai tempi della mia infanzia e adolescenza ora sembrava lasciare il passo a una sottile soggezione.

A ritroso

A scuola mio padre imparò a leggere, a scrivere e a far di conto. Se le prime due competenze non svolsero mai un ruolo significativo nella sua esistenza, saper fare delle operazioni a mente lo aiutò nello svolgimento dei suoi lavori. Dopo il ritiro da scuola, all'età di dieci anni iniziò a lavorare nei campi, raccogliendo olive e verdure e impegnandosi nella vendemmia. Non solo, si recava in bicicletta in paese a consegnare il latte a domicilio, il che gli dava l'occasione di incontrare le giovani ragazze che gli aprivano la porta e che dopo averlo pagato lo salutavano dandogli carezze sui capelli arruffati nero pece.

Suo padre passava le giornate in compagnia di un gregge di pecore. Era di carattere mite e taciturno. L'esatto opposto della madre, donna arcigna e vero generale della truppa di famiglia, verso cui mio padre nutrì sempre un sentimento misto di adorazione e di timore. Gli anni a venire furono di scoperta e di turbamento: il lavoro duro nei campi, il corpo che cambiava, i peli sul petto e sul pube a sancire l'addio all'infanzia, la voce che da stridula si fece profonda, le serate passate con gli amici a mangiare e bere vino in osteria intonando stornelli in dialetto, le passeggiate pomeridiane in piazza a catturare gli sguardi di signorine timide e silenziose. Poi l'incontro con Rosina. Lei era una ragazza non molto alta e dalle morbide curve tenute sempre ben nascoste dagli ampi vestiti, con capelli lunghi e neri che spesso legava in un rigido chignon.

Mio padre, seppur giovanissimo, fin da subito decise di fare le cose per bene. Dopo alcuni mesi di uscite fugaci e repentine, in un pomeriggio dell'estate del 1962 si recò a casa dei genitori di lei portando con sé un fascio di rose e palesando al padre di Rosina, noto calzolaio del paese, le sue intenzioni. Il fidanzamento sembrava viaggiare a gonfie vele, e tra i due ragazzi i mesi trascorrevano lieti. Decisero di sposarsi nell'autunno del 1964, ma il sopraggiungere di un altro matrimonio mise in subbuglio le carte del loro futuro.

8

Nella primavera del 2011 la sorella di Maria diventò mamma. Dopo la nascita di Rebecca, fu lei a occuparsi della gestione di Chiccen, ma durante la gravidanza il tempo dedicato all'amministrazione del locale da parte sua si fece sempre più esiguo, e questo ebbe un impatto negativo sui conti. Con la nascita del bambino le cose non fecero altro che peggiorare. Se non si voleva chiudere, era necessario ripensare il modello di gestione. Nel contempo, l'editore pugliese per cui lavoravo come ufficio stampa mi diede il benservito.

Era di passaggio a Roma per altre questioni, mi fissò un appuntamento alla fermata metro di Ponte Mammolo e davanti a un caffè mi disse che non c'era niente da fare, la gente leggeva sempre meno, la copertura stampa di alcuni titoli non garantiva le vendite, non riusciva a far fronte a tutte le spese, doveva tagliare, era dispiaciuto, la notte per dormire doveva prendere dosi sempre più massicce di tranquillanti e così via. La nostra collaborazione, quindi, non poteva continuare. Era quasi in lacrime. Io non riuscivo a parlare, inghiottito dalla paura. Perdevo un guadagno stabile e sicuro. E mentre lui mi fissava con uno sguardo vitreo, in attesa che terminassi di sorbire il mio caffè, pensavo a cosa mi sarei inventato per tirare su uno stipendio decente.

Tutto sembrò precipitare nei giorni seguenti, quando i coordinatori del service con cui lavoravo da tempo mi dissero che chiudevano baracca perché erano stati assunti come redattori da un editore romano. Uscii dal loro ufficio affranto e tremante. Mi infilai in un bar per bere e alleviare il senso di nausea. Avevo da poco ricevuto l'anticipo per il terzo libro sulla Puglia che non avevo ancora cominciato a scrivere, ma per i mesi a venire non potevo fare affidamento solo su quella cifra. E così, parlandone con Maria, vista anche la situazione critica di Chiccen, decidemmo in accordo con sua sorella che avrei iniziato a lavorare al bar per dare una mano ai dipendenti e per seguirne da vicino l'andamento economico.

I primi mesi furono entusiasmanti. Oltre a preparare aperitivi e cocktail e stappare bottiglie di vino e prosecco, la mia idea era quella di fare del locale un punto di ritrovo per artisti e scrittori che popolavano il quartiere e la città. Aumentai il numero di eventi e incontri, e in pochi mesi gli incassi giornalieri migliorarono sensibilmente. Rebecca aveva cominciato a frequentare un asilo nido a Monteverde, la mattina l'accompagnavo, poi dedicavo qualche ora alla scrittura, andavo a riprenderla nel primo pomeriggio, aspettavo che Maria tornasse dal lavoro, la salutavo rapidamente e poi raggiungevo il locale. Prima delle tre di notte non riuscivo a rincasare. Alle sette ero già in piedi. La mancanza di riposo incise sulla scrittura, la mancanza di tempo condiviso incise invece sul mio rapporto con Maria. A ciò s'aggiunse la scelta da parte del Municipio V di concedere gratuitamente un numero cospicuo di licenze per l'apertura di attività commerciali con somministrazione di alcolici. In poco tempo il quartiere si popolò di nuovi locali. Fu un duro colpo per la nostra attività. La ricerca della novità spinse molti clienti fissi a tornare sempre più di rado, e le difficoltà per tenere in ordine i conti si moltiplicarono. Anche il terzo libro sulla Puglia, uscito in estate, era stato un mezzo fiasco e l'editore decise di non ricontrattualizzarmi.

Più le cose andavano male, più ero sopraffatto dai cattivi pensieri. Era questa la vita che desideravo? Era per questo che avevo studiato tutti quegli anni? Per servire vino e birra a giovani artistoidi di Roma? Per litigare con gli spacciatori del quartiere che si chiudevano in bagno a porzionare la droga prima di venderla sull'isola pedonale? Per dire addio al mio sogno di vivere una vita tra i libri? Era questa la ragione per cui Maria si era innamorata di me? Voleva al suo fianco un barista trasandato che una volta in casa era stanco, assente e silenzioso?

Le cose precipitarono agli inizi del 2013, quando le fatture da saldare s'impennarono e il conto che usavo per la gestione del locale era in rosso. La banca mi chiamava ogni giorno, durante la settimana il locale restava vuoto per ore, gli incassi erano risibili e l'ansia stava diventando ingestibile. Avrei dovuto affrontare la situazione con realismo. Invece agii come un giocatore d'azzardo che ha perso tutto ma continua a sperare che con l'ultima giocata le cose possano raddrizzarsi. Mi diedi un ultimo mese, avrei cambiato menu e offerte del locale, potenziato il numero di incontri, avrei lavorato giorno e notte per la comunicazione delle serate, se necessario avrei dormito ancora meno. Per farlo, però, mi servivano soldi, soldi che non avevo. Feci l'unica cosa che in quel momento mi sembrò possibile. Usai il denaro di un conto intestato a Maria nel quale lei continuava a versare parte del suo stipendio. Presi quei soldi senza dirle niente, convinto che avrei restituito l'intera cifra nell'arco di pochi giorni. Le cose non andarono così.

9

Quando Maria venne a sapere dell'ammanco sul conto corrente agì con rabbia e dolore. Le cose tra noi non funzionavano da mesi, ma prendere quei soldi senza dirle niente fu per lei una coltellata alle spalle. Una notte tornai a casa dal lavoro e trovai la serratura cambiata e tutti i miei vestiti sparsi sul pianerottolo. Non bussai alla porta né provai a chiamarla al cellulare. Sapevo quanto si sentisse tradita e che sarebbe servito del tempo per riacquistare la sua fiducia.

Dov'era finito il ragazzo col sogno della letteratura di cui si era innamorata pochi anni prima e con cui aveva deciso di mettere al mondo una figlia? Eccolo lì, pochi anni dopo, in un'auto parcheggiata in una via buia del quartiere per non farsi riconoscere dai vicini, trascurato e stanco, mentre si proteggeva dal freddo, e tra la miriade di pensieri scomposti che si affastellavano nella sua testa pensava al fatto che quella era la prima volta che dormiva lontano da sua figlia.

Se l'idea di perdere Maria mi spezzava il cuore, quella di non sapere quando poter rivedere Rebecca me lo frantumava in mille schegge. Non sapevo cosa sarebbe stato della mia vita da lì a poco, non sapevo cosa sarebbe stato del rapporto con Maria, ma sapevo che ci sarei stato per mia figlia, in ogni modo possibile. È da questa consapevolezza che ripartii il mattino seguente. Trascorsi altre notti in auto, fino a quando non mi decisi a parlarne con alcuni amici.

Marco era un traduttore freelance siciliano che da qualche tempo si era trasferito da Londra a Roma. Diventammo amici perché spesso passava le serate da Chiccen a bere e a chiacchierare con me. Condivideva con altri ragazzi un appartamento a San Giovanni e mi propose di andare a dormire da lui. Avevano uno sgabuzzino nel quale avevano disposto un letto per ospitare gli amici di passaggio. In attesa di una sistemazione più dignitosa, avrei potuto fermarmi da loro. Un tetto e una connessione internet mi consentirono di avere la giusta lucidità per riattaccare, uno dopo l'altro, i cocci della mia vita.

Trovai un lavoro come intervistatore telefonico per un progetto finanziato dall'Isfol, un editore pugliese mi commissionò la scrittura della biografia dello scrittore Antonio Verri, che tanto avevo letto e studiato nei miei anni leccesi. In più, grazie al contatto con alcuni miei amici docenti, due scuole superiori approvarono e finanziarono un corso di scrittura creativa per ragazzi. Avrei dovuto tenere uno di questi corsi a Martina Franca, a pochi chilometri da Grottaglie, perciò mi trasferii una decina di giorni a casa dei miei genitori.

Lì la situazione non era delle migliori. La malattia di mia madre avanzava senza sosta. Ormai non riusciva più a camminare, a parlare e a deglutire. Mentalmente era lucidissima. Il mio secondo fratello le preparò un cartoncino con sopra stampate le lettere dell'alfabeto. Quando voleva comunicare qualcosa, con l'indice della mano destra indicava una per volta le lettere che formavano le parole. Un pomeriggio era stesa a letto, io ero seduto al suo fianco, mentre in televisione si parlava dell'elezione di papa Francesco. Mio padre dormiva in soggiorno sulla poltrona. Lei mi chiese di prendere il cartoncino. Ci mise molto tempo. Fissava le lettere con attenzione e le indicava con una delle poche parti del corpo che riusciva ancora a muovere. Quando terminò, si voltò verso di me per scorgere la mia reazione. I miei occhi erano pieni di lacrime. Mi stesi accanto a lei e l'abbracciai, provando a rassicurarla, ma sapendo nitidamente dentro di me che aveva ragione. «Sto morendo», questo è ciò che mi aveva comunicato.

Mio padre era in pensione da poco più di un anno. Passava le giornate in casa aiutando la signora che si occupava di mia madre o fissando la televisione per ore. Mia madre non voleva persone estranee che dormissero in casa con loro e quindi, a partire dal tardo pomeriggio, era mio padre a prendersi cura di lei, le preparava la cena, la accompagnava in bagno, la portava a letto. L'ultima sera in cui ero a Grottaglie, sentii le urla di mia madre provenire dal bagno e poco dopo mio padre uscire imprecando. Mi chiese di dargli una mano. Quando entrai vidi il corpo nudo di mia madre steso per terra e ricoperto di merda. Mio padre, dopo averle tolto il pannolone, aveva provato a spostarla nella doccia per lavarla, ma non era riuscito ad afferrarla e gli era scivolata. Dovevamo rialzarla e lavarla. Mia madre era imbarazzata e piangeva. Pensavo alla mia vita a Roma, al dolore per i silenzi di Maria, per tutte le notti passate lontano da Rebecca, e pensavo alla loro vita qui a Grottaglie, al corpo senza forza di mia madre, ai pensieri sottaciuti e nascosti di mio padre. Tutto attorno a me sembrava essere esploso e io annaspavo.

A ritroso

Chissà mio padre come corteggiava le ragazze, chissà come conquistò Rosina, cosa le diceva nei pomeriggi passati insieme a passeggiare tra le vie di Villa Castelli, cosa le offriva al bar, cosa disse al padre quando il fidanzamento divenne ufficiale, cosa facevano la sera a casa dei genitori di lei, nei mesi che precedevano il loro matrimonio – già fissato – con lei che aveva incominciato a far cucire l'abito dalla zia sarta, chissà come trasformò l'ingenuità adolescenziale di mia madre in promessa d'amore, chissà cosa accadde davvero dopo quel giro in Lambretta, come disse a Rosina che il loro matrimonio era da accantonare, chissà in che modo schivò l'ira della sua famiglia e della famiglia della sposa mancata, chissà con quanti balli di twist convinse mia madre che quel matrimonio con pochi invitati e senza abito bianco valesse la pena di essere vissuto, chissà mio padre co-

me faceva l'amore, cosa pensava dei preliminari, se la prima volta fu con mia madre o con Rosina, o con una prostituta in qualche casa d'appuntamenti, chissà qual era la sua posizione preferita, se aveva una posizione preferita, chissà se con mia madre consumarono la prima notte di nozze, chissà se seppe mai da mia madre che lei quando si sposò non sapeva ancora davvero come si concepissero i figli, chissà com'era nei primi anni di matrimonio, se chiedeva di far l'amore con gentilezza o pretendeva di scopare perché davanti a Dio si erano giurati amore eterno, chissà se si interessò mai del piacere di mia madre, chissà se in quel giorno di agosto del 1978, prima della sua partenza per la Germania, godette almeno un po' prima che i suoi spermatozoi cercassero una via sicura per riprodursi, chissà poi come affrontò il desiderio di mia madre di stargli distante, e il fatto che lei abbandonò il letto coniugale e passò gli ultimi lustri della sua vita su un divano pur di non sentire più il suo russare e di non essere più toccata da lui, chissà se in quegli anni di astinenza forzata trovò altre compagnie, magari anche a pagamento, o qualche lavoratrice dei campi che tra una giornata di raccolta dell'uva e l'altra si facesse fottere velocemente in piedi dal factotum *sperando in un trattamento migliore, senza sapere che lui era schiavo quanto e più di loro, chissà perché con tre figli maschi non sentì mai il dovere di dare consigli su come bisognava compor-*

tarsi con le donne, su come fare sesso sicuro, chissà perché in tutta la sua vita non diede mai ai suoi figli nessun consiglio sulle questioni più disparate, chissà quale fu l'ultima erezione di mio padre, chissà quando pensò che con le donne e il sesso la partita fosse chiusa.

10

Quando ritornai a Roma, oltre al lavoro pomeridiano di intervistatore telefonico mi aspettava un altro corso da tenere nel liceo internazionale in cui lavorava Fabrizio, il mio vecchio compagno delle superiori. Da anni insegnava italiano in quella scuola privata, frequentata da studenti provenienti da diversi Paesi del mondo, e quando gli proposi il mio progetto fu generoso nel presentarlo alla preside e caparbio nel riuscire a farselo finanziare.

Già l'esperienza di pochi giorni prima con gli studenti di Martina Franca era stata per me fonte di gioia e sorprese. Leggere con loro le pagine di Haruki Murakami, David Foster Wallace, George Saunders, Simona Vinci, Paolo Cognetti e commentarle, trovare le connessioni con le loro esistenze, i litigi furiosi con i genitori, il corpo che cambia e non dà tregua, i subbugli dei primi amori non corrisposti, i fragili equilibri di amicizie totalizzanti, poi dare forma a quei momenti di vita quotidiana e trasformarli in racconti.

Per quattro settimane lavorai a stretto contatto con i ragazzi del secondo anno del liceo. Molti dei loro elaborati erano piccole gemme che meritavano di essere lette non solo in classe. Fu per quello che si decise di fare una pubblicazione da distribuire agli altri studenti della scuola. Io mi sarei occupato dell'editing e dell'impaginazione del libro, e dopo la stampa avremmo fatto un incontro per presentare il lavoro all'intera comunità scolastica. Le cose, però, andarono diversamente, e ci rincontrammo prima del previsto.

Ad agosto Fabrizio mi chiamò per chiedermi se a settembre fossi libero, perché una delle sue colleghe si era gravemente ammalata e sarebbe stata assente per tutto il primo quadrimestre. Avrei dovuto insegnare a quattro classi del terzo anno. Molti dei miei studenti sarebbero stati i ragazzi che avevano seguito il mio corso in primavera. Cercavano un profilo che avesse sia una formazione letteraria che una solida conoscenza dei mezzi di comunicazione di massa, perché molte unità didattiche riguardavano lo studio del linguaggio giornalistico, pubblicitario e radiotelevisivo. Dopo la buona esperienza del corso di scrittura creativa, avevano pensato a me. Avevo poco tempo per preparare i programmi, ma non mi spaventava. Avevo trascorso l'estate a cercare un lavoro alternativo a quello di intervistatore telefonico, e non potevo lasciarmi sfuggire quella possibilità. Nel periodo successivo alla laurea, avevo sempre considerato il lavoro a scuola come una forma di ripiego rispetto alla ricerca universitaria. Erano passati molti anni e molte vite ormai, dedicare il mio tempo all'insegnamento della lingua e della letteratura italiana sembrava significare ora riconnettermi con quella parte di me. Al termine del primo quadrimestre mi venne comunicato che sarei dovuto restare fino alla fine dell'anno scolastico, perché le condizioni di salute della collega non sembravano migliorare. Durante l'estate successiva arrivò la notizia della sua morte. Aveva poco più di cinquant'anni e lasciava un marito e una figlia di dodici anni. Mi sentivo un impostore, eppure la sua scomparsa non dipendeva da me. La preside mi propose un contratto a tempo indeterminato. Lo firmai provando un senso di serenità che forse mai avevo toccato con mano nella mia vita adulta.

A ottobre accompagnai un gruppo di studenti dell'ultimo anno in Salento. Il viaggio prevedeva la visita di Lecce e Otranto, con rientro a Roma il terzo giorno. Nonostante gli anni trascorsi dalla mia fuga da Lecce, passeggiare per le vie del centro storico mi fece sentire a casa. Attraversare la città con quei ragazzi faceva riaffiorare in me mille ricordi della giovinezza.

Il secondo giorno mi svegliai presto, pronto per fare colazione e poi raggruppare gli studenti per andare in stazione e recarci a Otranto. Mentre mi vestivo, il cellulare suonò. Era il mio secondo fratello. Non mi telefonava spesso. Né tantomeno mi telefonava a quell'ora. Risposi. Il cuore iniziò a battere forte. Tra le lacrime mi disse che mia madre aveva smesso di respirare. Impietrito e senza fiato chiusi la telefonata e chiamai la mia collega. Mi recai nella sala colazione dove c'erano già i ragazzi, ai quali dissi che sarei andato via, spiegando loro le ragioni. Tutti vennero ad abbracciarmi dispiaciuti. Andai in stazione, feci il biglietto e aspettai il primo treno per Grottaglie. Avevo preso quel treno decine di volte nei miei anni universitari, e ogni volta c'era mia madre ad attendermi. Ora non più.

Gli ultimi mesi erano stati una tortura per lei. Tutto nel suo corpo aveva smesso di funzionare, tranne il pensiero. Aveva sessantacinque anni. In treno, nel trambusto sconclusionato della mente, passai in rassegna la sua vita, l'infanzia in una famiglia numerosa con un padre violento, l'incontro giovanissima con mio padre, un matrimonio a sedici anni, l'immediata gravidanza e le tribolazioni quotidiane per riuscire a vivere dignitosamente, la Germania, un altro figlio, i fallimenti di mio padre, un terzo figlio non voluto e la sensazione costante di aver sbagliato tutto. In quelle ore piansi due volte. La prima, non appena giunto a casa e varcata la soglia della camera da letto in cui era disposto il suo corpo. Poi il giorno dopo, poco prima della sigillatura della bara, quando presi coscienza del fatto che non avrei mai più toccato le sue mani, accarezzato il suo viso, baciato la sua fronte. Nelle ore intercorse tra i due momenti, insieme ai miei fratelli accolsi le tante persone che vennero a farci le condoglianze e a salutarla per l'ultima volta. Era stata una donna piena di fragilità e paure, eppure generosa e altruista. Tutti avevano un ricordo da condividere. Tutti ci dissero che non meritava di morire così giovane.

Mio padre fu sempre seduto al suo fianco. Non la lasciò mai, se non per andare in bagno. Riceveva le condoglianze della gente e restava sepolto nella sua sedia, ingobbito, fissando il vuoto. Avevano litigato per tutta la vita, fino all'ultimo giorno, lei rimproverandogli la sua assenza e il suo disinteresse, lui bestemmiando e maledicendola. Eppure eccolo lì, sperduto. Sembrava aver smarrito tutto. Mentre lo osservavo, pensavo a cosa restava ora nella sua vita, come avrebbe trascorso il tempo che gli rimaneva, a cosa avrebbe pensato la mattina, una volta aperti gli occhi. Non aveva più un lavoro, non aveva interessi, non aveva amici, tutti i suoi fratelli erano morti e ora aveva perso anche la moglie. Provavo sinceramente pena per lui. Quella pena, però, era frammista a un senso di colpa sottile e velenoso. Sapevo che da figlio avrei dovuto stargli vicino, prendermi cura di lui, assicurarmi che stesse bene. Però sapevo anche che ciò che desideravo davvero era fuggire via da lì. Solo allontanandomi da lui mi sentivo al sicuro. Al termine del funerale, col primo treno utile tornai a Roma.

11

Col tempo il mio rapporto con Maria migliorò. Nei primi mesi della separazione lei a stento mi rivolgeva la parola, se non per comunicare questioni relative a nostra figlia. Poi, vedendo che stavo provando in ogni modo a rimettermi in piedi, mi aprì con le giuste riserve le porte del suo mondo. Si trasferì con Rebecca in un appartamento nel quartiere Africano. In Rai cambiò lavoro, abbandonando la regia e spostandosi nel settore della produzione televisiva. Iscrivemmo Rebecca in una scuola materna della zona. Io, dopo il lavoro al liceo, andavo a riprenderla, poi passavamo qualche ora insieme, prima del ritorno di Maria dall'ufficio. Il nostro obiettivo era quello di dare un senso di equilibrio e stabilità alla bambina, di provare a non proiettare su di lei i malesseri e gli errori di due adulti feriti. Iniziai poi a fermarmi spesso a cena da loro, e quando abbandonai la stanza di

San Giovanni, affittando un piccolo appartamento a Montesacro, vicino alla loro casa, il tempo che passavamo tutti e tre insieme aumentò.

Quell'anno Rebecca iniziò a frequentare le elementari, e spesso i genitori dei suoi compagni di classe restavano stupiti dal fatto che io e Maria non stessimo insieme. Dovevo riconquistare la sua fiducia, ed ero disposto ad aspettare tutto il tempo necessario. Nonostante a volte, dopo una giornata di lavoro, di ritorno nel mio appartamento mi rabbuiassi e mi sentissi tremendamente solo, sapevo che se volevo che la mia famiglia tornasse unita non dovevo avere fretta.

Nel frattempo il lavoro a scuola procedeva nel migliore dei modi; insegnare letteratura e far parte di uno stimolante contesto internazionale mi dava continue motivazioni. Ottenni il riconoscimento di miglior insegnante dell'anno da parte degli studenti. La prima persona che chiamai per comunicare la notizia fu Maria. Poi rivolsi un pensiero a mia madre e al suo desiderio di farmi studiare. Sarebbe stata di certo orgogliosa di quel suo figlio strano e diverso da tutti gli altri. Telefonare a mio padre sarebbe stato inutile. Non ci sentivamo mai. Nemmeno per le semplici formalità di auguri nei compleanni e nelle festività.

Con Maria e Rebecca iniziammo a viaggiare insieme d'estate. Dopo l'Irlanda e la Grecia fu la volta del Canada. Passammo alcune settimane a Montréal, in

Québec, e da lì, con un'auto a noleggio, visitammo altri luoghi nelle vicinanze. A Mont-Tremblant Maria e io tornammo a baciarci. Erano passati molti anni dall'ultima volta, ma toccare nuovamente le sue labbra fu per me come ritornare a casa dopo una guerra.

Quando nel marzo del 2020 scoppiò la pandemia di Covid-19, già da tempo mi fermavo a dormire nella loro casa al quartiere Africano. Decidemmo di vivere i giorni del lockdown insieme. Quel periodo, terribile per molti, servì a noi per ricostruire il nostro equilibrio familiare. Durante un'afosa serata di luglio di quell'anno, in un ristorantino di cucina pugliese in via Mantova, chiesi a Maria di sposarmi. Rebecca fu mia complice. Scegliemmo insieme l'anello. Scegliemmo il ristorante. Maria mi disse di sì. Tra le lacrime, sue e nostre.

12

Era l'estate del 2021. Mancavano pochi giorni al nostro matrimonio. Partimmo da Santa Maria di Ricadi la mattina del 17 agosto. Salutammo i genitori di Maria, sua sorella e suo figlio, e con la nostra Suzuki Vitara, stipata fino all'inverosimile di valigie e pacchi, imboccammo l'autostrada. Dopo qualche ora di viaggio arrivammo a Papasidero, un piccolo borgo di poco più di seicento abitanti in provincia di Cosenza, immerso nel Parco nazionale del Pollino. Ci abitava Mariarosaria, una cara amica di Maria, la quale insieme al suo compagno gestiva da tempo una compagnia di navigazione fluviale che organizzava attività sportive ed escursioni sul fiume Lao. Era da anni che ci ripromettevamo di andare a trovarli per fare rafting e stare un po' insieme. Finalmente quell'estate eravamo riusciti a organizzarci prima del rientro a Roma.

Dopo esserci sistemati e dopo un pranzo veloce raggiungemmo la sede della loro compagnia, dove nelle prime ore del pomeriggio facemmo rafting, muniti di muta, giubbotto salvagente, calzari, caschetto e pagaia. Rebecca, Maria e io eravamo in gommone insieme a una coppia di Bologna, la nostra guida era un ragazzo di appena diciott'anni che tuttavia sembrava sapere il fatto suo. Per noi era la prima volta. Il percorso era lungo undici chilometri. Dopo lo scontro del gommone con una roccia che emergeva dalla gola, persi l'equilibrio e cascai nel fiume. Venni trascinato dalla corrente. I miei occhiali si bagnarono, non vedevo niente. Per alcuni secondi chiusi gli occhi e pensai che avrei voluto restare così per sempre, tra le acque gelide del fiume Lao, a sentire il respiro della natura. La guida mi disse di stare tranquillo, di tenere i piedi rivolti verso valle. Seguii le sue indicazioni, e quando il flusso del fiume si fece meno impetuoso riuscii a rimettermi in piedi e attesi l'arrivo del gommone. Con Maria e Rebecca ci ripromettemmo di tornare in primavera, quando le acque del fiume erano più alte e sarebbe stato possibile affrontare un percorso più lungo e adrenalinico.

La sera andammo a cena in un'osteria del borgo con Mariarosaria, Giulio e i loro due figli. Tra una portata e l'altra i passanti si fermavano a salutarli, a bere un bicchiere di vino con noi, a chiederci delle nostre vite a Roma. Si respirava aria di convivialità.

Il giorno seguente, dopo colazione, ritornammo nella sede della loro compagnia perché decidemmo di fare acquatrekking. Per un paio d'ore risalimmo il torrente Castiglione e arrivammo a una cascata alta più di trenta metri. Era un posto incantevole. Solo rocce, acqua e vegetazione rigogliosa. Ci bagnammo sotto il getto limpido e freddo della cascata. Il peso dell'acqua si posava rigido sulla mia testa e sulle mie spalle. Chiusi gli occhi e respirai. Dopo l'acquatrekking ci fermammo a mangiare un panino in un bar con i figli di Mariarosaria, che nel frattempo avevano fatto amicizia con Rebecca e le spiegavano i segreti per fare canoa tra le gole del fiume.

Attorno alle quattro del pomeriggio tornammo nel nostro appartamento. La sera, a cena, l'idea era quella di raggiungere Mariarosaria e la sua famiglia a casa, perché Giulio voleva farci assaggiare la pizza fatta da lui. Una volta arrivati, la prima cosa che feci fu prendere il cellulare che avevo lasciato in carica. Sbloccai la schermata e lessi: 31 chiamate senza risposta. Alcune dal primo fratello. Altre ancora dal secondo fratello. Altre da una delle mie cognate. Compresi subito. Avevo il cuore in gola. Aprii WhatsApp. C'era un audio di sette secondi del mio primo fratello. Lo ascoltai. Poi andai nel patio, dove Rebecca e Maria stavano dando da mangiare a un gatto del borgo. «Che succede?» mi chiese Maria. «Mio padre è morto» risposi.

13

Era da tempo che mio padre stava poco bene. Agli atavici problemi di pressione e ai trigliceridi fuori controllo, dopo la morte di mia madre aveva iniziato ad avere difficoltà di memoria e di deambulazione. Una volta, mentre era alla guida, non riuscì a ritrovare la strada di casa. Girò per un'ora nel paese, fino a quando non si fermò e chiamò col cellulare il mio secondo fratello, che andò a recuperarlo a pochi metri dalla piazza principale. Disse di non sapere come fosse potuto accadere.

Un'altra volta il mio primo fratello andò a trovarlo a casa e lo trovò in giardino per terra, accanto a un albero di limone. Non riusciva ad alzarsi. Mio fratello lo tirò su, e dopo aver preso tutto l'occorrente in bagno disinfettò le ferite che si era fatto sulle ginocchia e sul viso. Disse di non aver visto un gradino e di essere cascato per terra senza aver avuto la prontezza di pararsi con le mani. Da lì a poco seguirono altre cadute, in casa e ancora in giardino.

Sempre in quel periodo andai alcuni giorni a Lecce per partecipare a un festival letterario. Una domenica, prima di ritornare a Roma, passai a trovarlo per pranzo. Eravamo soli, lui e io. Non lo vedevo da quasi un anno. Sembrava più stanco e assente del solito. Cucinai le orecchiette al pomodoro, mentre per secondo mangiammo delle mozzarelle. Bevemmo tanto vino rosso e parlammo poco. Lui lo allungava con l'acqua. Gli chiesi come andava la vita senza la mamma, come trascorreva le giornate, se veniva qualcuno a fargli visita, se si trovava bene con la signora delle pulizie che gli dava una mano due volte alla settimana. Nelle sue brevi risposte notai una profonda difficoltà a trovare le parole e a pronunciarle in modo corretto. Andai via da casa nel pomeriggio e ripresi in auto il tragitto per Roma con un profondo senso di smarrimento.

Poco tempo dopo si lasciò convincere a effettuare una serie di analisi che evidenziarono l'inizio di un Parkinson atipico. Con il passare dei mesi le sue difficoltà a camminare e a ricordare si fecero più evidenti. Parlare con lui divenne difficile, molte delle cose che diceva risultavano incomprensibili. Smise di guidare, e con i miei fratelli ci convincemmo che poteva essere rischioso lasciarlo da solo di notte. Una signora moldava andò a vivere con lui. I miei fratelli andavano a trovarlo quando potevano. Continuò a peggiorare, a muoversi sempre meno, a chiudersi in un silenzio ostinato. Sentivo che il tempo per lui si assottigliava, e quella convinzione mi lasciava addosso una sensazione ambigua, come se ogni pensiero fosse sospeso in una penombra di incertezza.

14

Alle 11 di mercoledì 18 agosto 2021, mentre in un borgo sperduto della Calabria mi arrampicavo controcorrente lungo il torrente Castiglione, lasciandomi bagnare dalle acque gelide di una cascata incontaminata, a poco più di duecento chilometri, un biscotto di pochi centimetri occluse le vie respiratorie di mio padre. Soffocò, e dopo pochi istanti caracollò a terra, tra le braccia della sua badante. Quando giunse l'ambulanza, gli infermieri ne constatarono la morte e poi lo disposero sul letto. I miei fratelli arrivarono a casa e lo trovarono così, in attesa che gli addetti delle pompe funebri lo trasferissero presso la camera mortuaria del cimitero di Grottaglie.

Mentre io ero in un bar di Papasidero, a pochi metri dal fiume, a mangiare un panino imbottito con mozzarella e pomodoro e a sorseggiare una Coca Zero insieme alla mia futura moglie, osservando da lontano mia figlia di quasi dodici anni che si muoveva in canoa sorridente e serena, gli addetti alle pompe funebri truccavano, pettinavano, vestivano mio padre morto, gli applicavano un fazzoletto attorno al viso per tenergli chiusa la mandibola. Quando nelle prime ore del pomeriggio rientrai nell'abitazione di Papasidero, pronto per trascorrere l'ultima serata di vacanza, mio padre era già disposto nella bara, vestito di tutto punto, presso la camera mortuaria del cimitero, nell'andirivieni dei primi parenti e amici, mentre i miei fratelli provavano vanamente a contattarmi al cellulare.

15

Giovedì 19 agosto all'alba ci lasciammo alle spalle Papasidero diretti a Grottaglie. Quando arrivammo al cimitero, la camera mortuaria era appena stata aperta. C'erano già i miei fratelli, una zia, due cugini e qualche amico. Dopo i saluti, entrai nella camera per vedere mio padre. Maria e Rebecca mi aspettarono fuori. Mio padre era riposto nella bara, era elegante nel suo vestito blu, molto più magro di come lo ricordavo, il viso scavato, le labbra rivolte verso l'interno a occupare lo spazio lasciato vuoto dalla dentiera, gli occhi chiusi, le mani grigie l'una sull'altra. Posi la mia mano sinistra sulle sue mani, ma non riuscivo a piangere.

Giunsero altri parenti, parlammo dell'assurdità della sua morte, *un maledetto incidente... si poteva evitare... stava male ma poteva vivere ancora qualche anno... ha raggiunto sua moglie in cielo... lo sai che lo tumulano vicino alla mamma, così potranno stare vicini anche da morti... avete avvisato i parenti della Francia?... non gli abbiamo detto che è morto suo fratello lo scorso anno per non farlo soffrire... non potrà vedere neanche il suo ultimo figlio sposato, che peccato... la vita è ingiusta...*

A mezzogiorno gli addetti delle pompe funebri sigillarono la bara. Non avrei visto più il suo volto, ma non riuscivo a piangere. Durante la messa il prete sembrava avere fretta, pronunciava le parole velocemente, io e i miei fratelli ci guardavamo quasi divertiti per la bizzarria della situazione. Maria, Rebecca e io trascorremmo la notte in un bed and breakfast di Grottaglie. Venerdì mattina ci svegliammo presto e tornammo al cimitero, perché alle otto avrebbe avuto luogo la tumulazione della bara. C'erano tutti i parenti più stretti. Due operai infilarono la bara in uno stretto loculo che fu poi riempito di calcestruzzo. Infine fu disposta una lapide con le indicazioni di nascita e morte e una foto. In quella foto era più giovane. Lo scatto risaliva al giorno del matrimonio del mio secondo fratello. Non avrei mai più rivisto il corpo di mio padre. Ma non riuscivo a piangere.

A ritroso

Mio padre nacque il 25 marzo 1944, poche ore dopo l'eccidio delle Fosse Ardeatine, in un paese del Sud Italia, Villa Castelli. Ultimo di nove figli, trascorse l'infanzia nelle campagne che costeggiavano il paesino, dove i genitori, con i fratelli e le sorelle più grandi, coltivavano un piccolo appezzamento di terreno e allevavano pecore e mucche, sia per il sostentamento familiare che per la vendita di frutta, verdura, latte e formaggi nei mercati dei paesi limitrofi.

Non so se abbia mai saputo che mentre sua madre era immersa nel travaglio, le truppe di occupazione tedesca trucidarono trecentotrentacinque civili e militari italiani, prigionieri politici, ebrei o detenuti comuni, come rappresaglia per l'attentato partigiano avvenuto il 23 marzo a via Rasella, dove persero la vita trentatré soldati del reggimento «Bozen». Quando il travaglio giunse al termine e mio padre venne al mondo, l'eccidio si era concluso da poco e le cave di pozzolana di via Ardeatina iniziarono a diffondere nell'aria il vivido fetore dei corpi in decomposizione.

Non so se mio padre abbia mai associato la sua nascita a ciò che era avvenuto a Roma in quelle stesse ore. Mio padre non ebbe mai un grande rapporto con lo studio. Al termine della quinta elementare dovette abbandonare la scuola per dare una mano in famiglia. Come tutti gli altri. Però quei difficili anni definirono di certo le condizioni di vita della sua famiglia, povera, numerosa e incolta, e posero le radici per il percorso futuro della sua esistenza.

16

Prima di rientrare a Roma, Maria, Rebecca e io passammo nella casa di mio padre. Non varcavo quella soglia da mesi. Da quando era morta mia madre, il pensiero di tornare a Grottaglie mi aveva sempre messo ansia. Il frigorifero era pieno. C'erano tre bottiglie di acqua frizzante, una bottiglia di vino rosso, una di Amaro Lucano, vasetti di passata di pomodoro aperti, formaggi, salumi, mele e pere in stato avanzato di maturazione, uova scadute, tubetti di maionese e melanzane sott'olio. Il freezer era stracolmo di carne congelata: pollo, tacchino, vitello, maiale, agnello. Ce n'era per tutti i gusti e di ogni taglio. Era una casa che fino a poche ore prima pulsava di vita. Ora era solo un calco vuoto di respiri svaniti.

Nelle altre stanze, tutto era rimasto invariato rispetto alle ultime volte in cui ero andato a trovarlo. In quella che era stata la mia stanza erano ancora conservate le riviste che collezionavo durante gli anni della giovinezza, «Pulp Libri», «Poesia» e «Alias». Quando mi spostai nella sua camera da letto, chiesi a Rebecca di restare indietro e di non entrare. C'erano ancora le sue lenzuola sporche di sangue. Quando era arrivata l'ambulanza, prima di trasportarlo nella camera ardente del cimitero, gli infermieri lo avevano sollevato. Dalla sua bocca erano usciti rivoli di saliva e sangue che erano rimasti rappresi sul tessuto. Aprii il suo armadio: le giacche, i pantaloni, i maglioni, le camicie e le magliette erano disposti uno accanto all'altro, ben ammassati. Non c'era spazio per altro. Negli anni non aveva buttato via nulla. Aveva accumulato vestiti, senza disfarsi di quelli logori. Anche nei cassetti della parte bassa dell'armadio, mutande, calze e canottiere occupavano ogni spazio. Era mia madre che, periodicamente, gettava via gli abiti usurati dal tempo.

L'armadio con i vestiti di mia madre era rimasto così come lo aveva lasciato lei al momento della sua morte. Mio padre non aveva voluto toccare nulla. Aveva rispedito al mittente anche le richieste delle sorelle di mia madre di poter avere un cappotto, una gonna, un tailleur o una camicetta in suo ricordo. Mentre vagavo tra le stanze di quella casa, pensai che se avessi dovuto decidere io, mi sarei liberato di tutti quegli oggetti. Non sarebbe dovuto rimanere niente, altrimenti continuare sarebbe stato impossibile.

Epilogo

A Roma era una fredda giornata di inizio autunno. Mia moglie lavorava in camera da letto. Rebecca era a scuola. Io provavo a scrivere con il pensiero rivolto altrove. Quella mattina avevo cercato la Polaroid del 1986. Non ero riuscito a trovarla. Avevo messo a soqquadro la casa, ma niente da fare. Sembrava essere svanita nel nulla. Chiesi a Maria se avesse idea di dove fosse. Mi disse di no, eppure anche lei era convinta di averla vista da qualche parte. Per un attimo mi venne il dubbio che non fosse mai esistita. Eppure, quando ho iniziato a scrivere questa storia mi trovavo a Santa Maria di Ricadi, e nella mia mente avevo visualizzato la Polaroid, i nostri corpi, il modo in cui eravamo vestiti, l'uva, l'anguria, i nostri sorrisi. Mi ero detto: «Quando torno a Roma la riprendo per vedere se la memoria non m'inganna». Ero sicuro di averla presa insieme a tutte le altre foto che mi ritraevano durante la mia infanzia. Le foto erano tutte in un cassetto. Di quella lì, invece, l'unica in cui comparivo insieme a mio padre, di quella non c'era traccia.

Ringraziamenti

Grazie a Maria Grazia Calandrone, poiché l'idea di scrivere questo romanzo mi è nata durante un incontro pubblico, mentre dialogavo con lei sul suo libro *Splendi come vita*. A Mario Desiati, per le sue telefonate di sostegno e incoraggiamento. A Girolamo Grammatico ed Elisabetta Liguori, perché ci sono sempre, sia nella vita che nella scrittura. Ad Andrea Pomella, per l'acutezza del suo sguardo. E ancora grazie a Fabio Boccuni, Giulia Civiletti, Federica De Paolis, Giulia Falzea, Alessandra Lupo, Cristiano Peluso, Osvaldo Piliego e Michela Santoro.

Un ringraziamento speciale e sentito, poi, va a Teresa Ciabatti, per aver creduto fortemente in questa storia e per l'importanza di alcune sue parole scritte in una e-mail. Ringrazio, inoltre, Michela Gallio e tutta la casa editrice Solferino per la loro cura e professionalità.

Infine il ringraziamento più importante va a Maria e Rebecca, la mia «nuvola». Loro sanno.

Indice

Questo libro è stampato fabbricato da Grafica Veneta S.p.A.
con un processo di stampa e rilegatura certificato 100% carbon neutral
in accordo con PAS 2060 BSI

Finito di stampare nel mese di novembre 2024
per conto di RCS MediaGroup S.p.A.
da Grafica Veneta S.p.A., Via Malcanton 2, Trebaseleghe (PD)
Printed in Italy